暖爱卷

每个人都有泪流满面的秘密

青年文摘图书中心 编

李钊平 主编

中国青年出版社

目录

I　爱的礼物

II　藕片的韧劲儿是有限的

III　尘世小暖

IV　我想成为你的骄傲

旅 伴

文 / 粲 然

　　地球刚出生那会儿，天地空荡荡的。一只小猫呼喊另一只小猫的回声都可以跑遍全世界。因为没有什么高楼、汽车、铁轨、烟囱、枪炮或者穿着黑丝袜的女人大腿横插在中间。

　　有一天，一个大人和一个小孩碰面了。大人带着巨大的铁皮箱，他四处寻找金矿。小孩背着又扁又脏的背包，连自己想去哪儿都说不上来。他们都孤单单走了很长很长的路，现在决定一同旅行。

　　不管怎么说，大人很快就对这个决定感到后悔和厌倦。这孩子真是太小了，正午的太阳照着大人，映在地上那又黑又短的影子，都比他来得长。为了不落下他，大人不得不放慢赶路的脚步。"真是个麻烦！"大人又气又恼地想。遇到崎岖山路，他不得不一手提着大箱子，一手揪着孩子的脖颈，喘着粗气用力狂奔。

　　因为地球还是崭新的，没有人知道金子是什么。大人就把遇到的每件发光物事放在嘴里咬咬，再把其中牙齿咬不动的东西小心翼翼地放进皮箱里。"其中只要有一块金子，我就发大财了。"他暗自打着小算盘。久而久之，小孩也学着他的样子，把遇到的东西都放在嘴里嚼——然后"咕嘟"一声咽下肚去。"真不讲卫生！"大人鄙夷地说，"给我吐出来！"

　　大人看小孩很不顺眼。

　　小孩对此毫无察觉，他以自己有旅伴为荣。以前，在漫长又孤单的

旅行中，为排遣寂寞，他习惯叽叽咕咕跟自个说话。现在，他想把所想所见都告诉朋友。

"耀亮！"当夜幕四合，一个圆滚滚的明亮物事出现在空中时，小孩从山脊的篝火边跳起来，指给大人看，"耀亮！耀亮！"他真挚又大方地将自己的心爱之物分享给大人。

因为热衷埋头寻找金矿，大人极少抬头仰望苍穹。可他不愿受惠于小孩，就粗声粗气地回答："有什么奇怪的！这，这是月亮！我早就认识了。"

"月……亮？"小孩小声问。

"对啊。"大人梗着脖子回答。

"好吧。"小孩逆来顺受地说。他们很快就在月光里打起鼾来。这样的对话，还出现在遇见望不着边的大水时（大人说，这叫"海"），遇见一会儿躲起来一会儿又出现、总是微笑着的巨人时（大人说，这叫"神明"）……因为这个世界还是全新的，大家都没有自己的名字，所以大人说，小孩说的都不算，他说的才算。"因为，我比你大得多，见过很多世面。"大人解释说，"这个世界是我的。"

"哦。"小孩还是温顺地回答，"你的世界真美。"

"可是，如果整个世界都是你的了，为什么还要把一些东西藏在大箱子里呢？"后来有一天，小孩突然问。

"嗯……这是因为，因为有些东西可以跟大家分享，有些东西仅供私藏。"大人有点心虚地回答。

小孩低着头思考了很久。他也开始往自己又扁又脏的小背包里放东西。

"哟，你也想找金子啊！真是让人笑掉大牙。"听到这样的话，小孩总是笑而不语。

有一天，他们碰到了几个蒙面大盗！强盗们拿着明晃晃的刀，逼他们"把值钱的东西通通交出来"。

虽然大人趴在铁皮箱子上哭号"把我杀掉也不许碰我的金子",还是被无情地拖了开去,绑在树上。铁皮箱子被撬开了。

强盗们凑到箱里一看,都哈哈大笑起来,"瞧你花那么大力气,找到的都是什么啊?"

"一个镜子、五粒玻璃弹球、七块马蹄铁、两个银锭子、两颗灯泡、九个针筒。"强盗头目清点物品,冷冰冰地宣布,"没有金子,都是些不值钱的东西。"

强盗凑在一起商量了下,决定杀掉大人,但他们中有人建议说:"等一下,看看他的朋友身上有什么值钱的东西吧,再凑成一双也不迟。"

强盗朝小孩走去。虽然小孩用手护着背包,学着大人的模样哭号"不许碰我的包",还是被无情地拖了开去,甩在一边。又扁又脏的小包被扯开来。

强盗们凑到包里一看。嗯,他们看了很久很久。

"唉。"后来,强盗头目叹了口气。

"对不起!突然……突然想起太多事了。"最年轻的强盗蹲在路边哭了起来。

强盗们又凑在一起商量了下。他们神秘兮兮表情沉重地讨论许久。后来强盗头目把丢在地上、又扁又脏的包捡起来,拍拍上面的土,走到小孩身边,他小心又沉默地帮孩子背好包,认真地看了看孩子的脸,一字一顿地说:"谢谢你,再见。"

"再见。"孩子挥挥手回答。

强盗们走得和他们来时一样悄无声息。现在,小孩为大人松了绑,他们俩手拉着手坐在幽深而凉快的大树下。

"他们到底在你的包里发现了什么啊？是金子……或者金矿的地图吗？"大人缓过气后，怀着嫉妒猜测着。

这个想法让他气极了，就把孩子的包抢过来，像强盗那样扯开看。瞧大人看到了什么啊——

走山路时，自己留在孩子脖颈上的温度；泅渡时，自己在波涛中用力搂紧孩子的手劲儿；孩子生病时，自己边碎碎念边放在他头上的湿毛巾；清晨在草丛里边拉屎边为对方鼓劲的"嗯——嗯——"声……

包里有很大一个位置，放着自己平时脱口而出的那些名字"海水"、"灯"、"飞机"、"神明"、"猫头鹰"、"三角形"、"月亮"、"太阳"、"老鼠"、"斑马"……小孩把这世界上万事万物——从大人那里听了来，默默收藏起来温习。

在这个又扁又脏的小背包最下面，有一张纸条，小孩用歪歪扭扭的字写着：

因为这是大人的世界，所以，所有东西都早有称谓了。但是，我的旅伴和朋友，他自己还没有名字呢。平时我叫他"喂"，他叫我"小孩"。我想给他取个名字，谢谢他慷慨无私地带我走进他的世界，照顾我，和

我分享无比美丽的天地万物。我想，必须是很美的名字才配得上他。很美的名字，比"月亮"还要美，比"大海"还要美，比"天空"、"神明"这些词加起来还要美。

（写到这里字条空了几行，小孩似乎思考了很长的时间。）

我给我的大朋友取了个很好的名字。这个名字既威武又雄壮，看起来无所不能，又非常亲切可爱。嗯，就像他一样。这个名字叫作——爸爸。

看到这里，大人哭了起来。不知道是因为自己没找到金矿，还是旁的什么原因。

"好了，别哭了。强盗再也不会来了。"小孩安慰他说。

"我对你那么糟，总想抛下你自己闯荡，"大人捂着脸，抽噎着说，"可你却救了我。"

"别这么说。"小孩一片至诚地回答，"没有你，我就不会认识这个世界。"

他们本来还有很多话要说，却很快就在月光里打起鼾来。

爸爸爸爸

文／赵　延

有一大盆水。

一次雨后，天重新变蓝，太阳光落下来，在盆里溅出一滴水，于是，旁边多出了一小盆水。

一小盆水很艰难地长大。他太小了，吹来一阵风，就摇摇摆摆要翻倒，太阳旺一些，就担心被晒干。每当这样的时候，就有几滴水从一大盆水里跳出来，落进一小盆水里，让他变得有活气，好撑到下一次雨水，长大一圈。

爸爸爸爸，你给我这么多的水，不会死吗？一小盆水问。

一大盆水说，这点算什么呀。

爸爸爸爸，你太厉害了，你还会再长大吗？

那当然。

有多大？

一百个你那么大，一千个你那么大。

有旁边的井那么大吗？

更大！你知道池塘有多大吗？你知道湖泊有多大吗？

一小盆水困惑地晃了晃肚子：那，我们会一直大下去吗？

那倒不会，总有一天会死。

一小盆水的水纹乱起来：死？

对呀，比如被谁一脚踢翻了啊，天上掉石头把底砸漏了啊，碰到这样的事情，也没办法啦。不过要是平平安安的，过些年，等我老了，就会一天天小下去，有一天，变得比你还要小，就"嗖"的一声，不见啦。

骗人！怎么可能比我还小！一小盆水假装不相信。

第二天早上，一小盆水说：爸爸爸爸，我哭了一夜，怕死了。

没见眼泪呀？

爸爸爸爸，你忘啦，我们是一盆水哎，哭出来的眼泪马上又落回肚子里的呀。

那不是和没哭一样？

对呀！

哈哈哈哈！

春天、夏天、秋天、冬天，天气越来越冷，最上面一层水都结冰了。两盆水每天都用小半天把冰晃开，小半天说话，小半天再结起冰。更冷一些的时候，他们终于没法说话了，如此一直到春天的早晨，两盆水跳起来，撞了下肩膀，哗啦啦啦，冰终于全都化开。

好闷啊。他们畅快地抱怨。一些水溅到了外面，不过不管是一大盆水还是一小盆水，这时候都已经不在乎了。

爸爸爸爸，我已经比你更大了啊。

是哦。

你没长到池塘那么大嘛。

那看你的咯。

但其实，你会"嗖"的一下变没这件事，是骗我的吧？

哈哈哈哈。

风吹过，燕子来又去，海棠花艳了，被雷劈断的树又长出新芽。一小盆水总算长成了实足的一大盆水，当然，他还是一小盆水。一大盆水已经变得比一小盆水大不了多少，当然，他还是一大盆水。

又一年春天，一小盆水自己哗哗把冰抖开，不太敢去撞一大盆水，因为他有些老旧，万一撞破怎么办？所以这年一大盆水醒得晚了些。

闷吗？一小盆水问。

睡着了，不觉得闷。

夏天的时候，没有雨。

每天，一小盆水都会用力晃肚子，分出一些给一大盆水，但是一大盆水的底薄了，水走得快。

这一天，一大盆水只剩了浅浅一层，浅到连水纹都抖不出，一抖，就见了底。

我觉得明天就会下雨，一定！一小盆水说。

我有点累，就不和你说话啦。

那你还说什么，赶紧别说了，多存点水！

知道啦。

一个上午都是沉默。

中午的时候，一大盆水忽然晃动了一下，一滴亮亮的水珠飞起来。这水珠璀璨得像是赋予了一小盆水生命的那一颗，只是小了许多。

一小盆水想要接住，但太阳太大了，水珠没能落下来，就融化在阳光里了。

一大盆水里，已经没有水了。

爸爸爸爸。

……

爸爸爸爸。

……

其实，他感觉到了爸爸的离开。在他的身体里，那赋予他最初生命的一滴水，早已经和所有的水融汇无间的那一滴水，正在慢慢地离开。组成他生命的千千万万滴水，每一滴此刻都少了一点点。这滴水永远地没有了，留的是一个空缺，因为太小了，所以其他的水填不上。这空缺小到压根儿瞧不见，但身体里哪儿都是。

一小盆水想，其实爸爸并没有死，他融在阳光里，所以变得无所不在。天空是他，云是他，山是他，湖泊是他，大海更是他。

我，也是他。

我正被爸爸包围着，一小盆水对自己说。虽然我感受不到，那只是我太笨了，关于这点爸爸早就说过。

他就在那儿。只是，我不够敏锐。

爸爸爸爸。爸爸爸爸。爸爸爸爸。

愿你慢慢长大

文／刘　瑜

亲爱的小布谷：

今年六一儿童节，正好是你满百天的日子。

就在几天前，妈妈和一个阿姨聊天，她问我：为什么你决定要孩子？我用了一个很常见也很偷懒的回答：为了让人生更完整。她反问：这岂不是很自私？用别人的生命来使你的生命更"完整"？是啊，我想她是对的，但我想不出一个不自私的生孩子的理由。古人说：不孝有三，无后为大，不自私吗？现代人说："我喜欢小孩"，不自私吗？生物学家说"为了人类的繁衍"，哎呀，听上去多么神圣，但也不过是将一个人的自私替换成了一个物种甚至一群基因的自私而已。

我一直有个不太正确的看法：母亲对孩子的爱，不过是她为生孩子这个选择承担后果而已，谈不上什么"伟大"。以前我不是母亲的时候不敢说这话，现在终于可以坦然说出来了。甚至，我想，应该被感谢的是孩子，是他们让父母的生命"更完整"，让他们的虚空有所寄托，让他们体验到生命层层开放的神秘与欣喜，最重要的是，让他们体验到尽情的爱——那是一种自由，不是吗？能够放下所有戒备去信马由缰地爱，那简直是最大的自由。作为母亲，我感谢你给我这种自由。

也因为生孩子是件自私的事情，我不敢对你的未来有什么"寄望"。

没有几个汉语词汇比"望子成龙"更令我不安，事实上这四个字简直令我感到愤怒：有本事你自己"成龙"好了，为什么要望子成龙？所以，小布谷，等你长大，如果你想当一个华尔街的银行家，那就去努力吧，但如果你仅仅想当一个面包师，那也不错。我所希望的只是，在成长的过程中，你能幸运地找到自己的梦想——不是每个人都能找到人生的方向感，又恰好拥有与这个梦想相匹配的能力，也不是每个人都有与其梦想成比例的能力。是的，我祈祷你能"成功"，但我所理解的成功，是一个人对自己所做的事情有敬畏与热情——在妈妈看来，一个每天早上起床都觉得上班是个负担的律师，并不比一个骄傲地对顾客说"看，这个发型剪得漂亮吧"的理发师更加成功。

但是，对你的"成就"无所寄望并不等于对你的品格无所寄望。妈妈希望你来到这个世界不是白来一趟，能有愿望和能力领略它波光潋滟的好，并以自己的好来成全它的更好。妈妈相信人的本质是无穷绽放，人的尊严体现在向着真善美无尽奔跑，所以，我希望你是个有求知欲的人，大到"宇宙之外是什么"，小到"我每天拉的屎冲下马桶后去了哪里"，都可以引起你的好奇心。我希望你是个有同情心的人，对他人的痛苦——哪怕是动物的痛苦，抱有最大程度的想象力，因而对任何形式的伤害抱有最大限度的戒备心。我希望你是个有责任感的人，意识到我们所拥有的自由、和平、公正就像我们拥有的房子车子一样，它们既非从天而降，也非一劳永逸，需要我们每个人去努力追求与奋力呵护。我希望你有勇气，能够在强权、暴力、诱惑、舆论甚至小圈子的温暖面前坚持说出"那个皇帝其实并没有穿什么新衣"。我希望你敏感，能够捕捉到美与不美之间势不两立的差异，能够在博物馆和音乐厅之外、生活层峦叠嶂的细节里发现艺术。作为一个女孩，我还希望你有梦想，你的青春与人生不仅仅为爱情和婚姻所定义。

这个清单已经太长了是吗？对品格的寄望也是一种苛刻是吗？好吧，与其说妈妈希望你成为那样的人，不如说妈妈希望你能和妈妈相互勉励，帮助对方成为那样的人。

有一次妈妈和朋友们聊天，我说希望以后"能和自己的孩子成为好朋友"，结果受到了朋友们的集体嘲笑。他们说，这事可没什么盼头，因为你不能预测你的孩子将长成什么样，一个喜欢读托尔斯泰的妈妈可能生出一个喜欢读《兵器知识》的小孩，一个热爱古典音乐的妈妈可能生出一个热爱摇滚的小孩，甚至，一个什么都喜欢的妈妈可能生出一个什么都不喜欢的小孩。而就算他价值观念兴趣爱好都和你相近，他也宁愿和他的同龄人交流而不是你。好吧，妈妈不做这个梦了，我不指望你15岁那年和爸爸妈妈成立一个读书小组，或者25岁那年去非洲旅行时叫上妈妈。如果有一天你发展出一个与妈妈截然不同的自我，我希望能为你的独立而高兴。如果你宁愿跟你那个满脸青春痘的胖姑娘同桌而不是妈妈交流人生，那么我会为你的人缘而高兴。如果我们为"中国往何处去"以及"今晚该吃什么"吵得不可开交，如果你也像妈妈一样脾气火爆，我也希望你愤然离家出走的时候记得带上手机、钥匙和钱包。

小布谷，你看，我已经把太多注意力放在"以后"上面了，事实上对"以后"的执着常常伤害人对当下的珍视。怀孕的时候，妈妈天天盼着你能健康出生，你健康出生以后，妈妈又盼着你能尽快满月，满月之后盼百天，百天之后盼周岁。也许妈妈应该把目光从未来拉回到现在，对，现在。现在的你，有一百个烦人的理由，你有时候因为吃不够哭，有时候又因为厌奶哭，你半夜总醒，醒了又不肯睡，你常常肠绞痛，肠绞痛刚有好转就又开始发低烧，发烧刚好又开始得湿疹。但就在筋疲力尽的妈妈开始考虑是把你卖给马戏团还是把你扔进垃圾桶时，你却靠在妈妈怀里突然憨憨地一笑，小眼睛眯眯着，小肉堆堆着，就这一笑，又足以让妈妈升起"累死算了"的豪情。岂止你的笑，你睡着时嘴巴像小鱼一样嗫嗫嗫的样子，你咿咿呀呀时耸耸着的鼻子，你消失在层层下巴之后的脖子，你边吃奶边哭时的"哎呀哎呀"声，你可以数得出根数却被妈妈称为浓密的睫毛，都给妈妈带来那么多惊喜。妈妈以前不知道人会抬头这事也会让人喜悦，手有五个手指头这事也会让人振奋，一个人嘴里吐出一个"哦"字也值得奔走相告——但是你牵着妈妈的手，引领妈妈穿过存在的虚空，重新发现生命的奇迹。现在，妈妈在这个奇迹的万丈光芒中呆若木鸡，妈妈唯愿你能对她始终保持耐心，无论阴晴圆缺，无论世事变迁，都不松开那只牵引她的手。

小布谷，愿你慢慢长大。

愿你有好运气，如果没有，愿你在不幸中学会慈悲。

愿你被很多人爱，如果没有，愿你在寂寞中学会宽容。

愿你一生一世每天都可以睡到自然醒。

布妈

你向孩子道歉了吗

文/咪 蒙

美国电影《怦然心动》里有一段我很喜欢的情节，女孩的父母吵架之后，对她说：我们一定会解决好，这绝对不是你的错。当晚，他们轮流去女孩的房间，告诉她，父母永远相爱，也永远爱你，让孩子无比安心。这样的对话实在太治愈系了，女孩觉得，爸爸妈妈都很不容易，生在这样的家庭，我很幸运。

我想很多小孩，会希望永远活在这样的电影里。小时候，因为爸爸外遇，我的父母很多时候都调成了吵架模式，我的固定食谱就是眼泪拌饭。

那时我就下了决心，以后结了婚，一定要给孩子一个干净、简单、快乐的情绪环境——你知道吗，美国科学家公布了10种最佳科学育儿方法，排在第一位的是给孩子足够的爱与关怀。第二位就是父母好好相爱，这比经济条件、培训班、安全教育之类的都重要得多。一项调查表明，父母经常吵架的家庭带给孩子的伤害，比离婚的家庭更大，因为孩子每天都活在争吵当中，会否定爱、否定自己、否定人性。科学调查表明，一个人最核心的价值观，在6岁之前就形成了，而最能左右这个结果的，就是小孩的父母，因为对小孩子而言，父母就是他的整个世界。

我曾经主持过一项调查，主题是"小孩不懂大人的事"，收到330份由小学生认真参与的问卷，结果发现，四成以上的小孩，最不懂的一点就是为什么父母都像吵架大王？父母针锋相对、言语上兵戎相见的场景，给小孩留下了很大的心理阴影。

这个调查曾经让我深刻反省，老实说，我和老公没有做到完全不在孩子面前吵架，每隔三四个月，可能会有一次小型争吵——我们小时候，父母吵架，我们会害怕、会躲起来、逃避现实，在内心默默祈祷他们快点和好。但我儿子完全不这样，因为在民主的家庭氛围中长大，所以我们吵架的时候，他像一个行为督察，直接指责我们说："别吵！好好说话！不要这么着急！听见没有！都给我停下来！"

4 岁的他像一个裁判，给我们大发黄牌——而我和老公，像两个不懂事的孩子，太羞愧了。经过深刻的反省，我和老公达成共识，以后如果意见产生分歧，尽量加强对自己的情绪管理，即使要争论，也避开孩子，如果实在忍不住，要就事论事，绝对不使用任何讽刺、挖苦甚至羞辱对方的语言。平时绝不冷战，有事情当即解决，争论完了，马上和好，有错的一方道歉，没有错的一方表现出大度和宽容——就像上一次吵架，是因为我加班到晚上 9 点，之后又接着和同事讨论接下来的工作，忙到 11 点，但老公却急着玩魔兽卡牌游戏，催我回家陪宝宝，我当时就气晕了。事实上我很支持老公玩游戏，我的业余爱好是写专栏写书，而他的业余爱好是玩游戏，两种爱好是平等的，不能因为写书相对是正经事就要否定玩游戏的价值——这是我的人生观。爱一个人，就支持他去做喜欢的事，但我的原则是，要尊重和支持我的工作，不能因为你玩游戏而影响我的工作啊。回到家我确实大发脾气，骂了老公一顿，即使宝宝在场我也忍不住。当时老公就立即道歉了，说自己错了，而我也冷静下来，跟宝宝解释了我为什么要发脾气，因为觉得心里很委屈，希望宝宝能理解。

我很认真地跟宝宝讲，爸爸妈妈吵架是因为对一件事的看法不一样，绝对不是宝宝的问题。爸爸妈妈会永远相爱，而且也永远爱宝宝。我告诉他，吵架也是一种沟通方式，有时候人生气了，就会管不住自己的语气，会变得比较激动，所以爸爸妈妈也在学习控制自己的情绪，和宝宝一起学习。我像小学生一样，跟宝宝保证，以后遇到同样的状况，爸爸妈妈会做得更好一点，希望宝宝来监督，提醒我们冷静点，他很有使命感地满足地睡了。

我知道，有些道理，4岁的宝宝未必会懂，但他一定会感觉到我对他的信任和尊重。

不管发生什么事，我们一家人会永远相爱。让孩子有恒定的安全感，是父母最重要的事。

爱的礼物

文／厉彦林

礼物是情感的载体，是心灵的物语。每个人一生中都收过礼物、送过礼物，每一份礼物都代表一份心愿与祝福。世上真正珍贵的礼物，未必是花大钱购买的珠宝钻石、金银首饰，用心制作的礼物，往往出乎意料，温暖心灵，价值连城。

儿子结婚前几个月，我和妻子就翻出一本本发黄的旧相册。妻子是个细心人，儿子每张照片背面，都标记着拍摄时的年龄。给儿子精心准备的礼物，是记录儿子成长足迹、名为《童真·青春与梦想》的精美相册，收集了儿子出生38天至今每岁、每个生日的照片。这沉甸甸、充满真情、用心良苦的相册，真是独一无二的贵重礼物！

望着一张张照片，一页页翻开近三十年的幸福记忆。儿子刚出生那天，他一夜扑闪着黑亮的大眼睛，既不哭也不闹，像新生的太阳，新奇地观察着一切，我和妻子竟然也兴奋地陪伴到天亮。

从此，妻子就开始履行母亲的神圣职责。为了奶水充足，她拼命喝平日不喜欢的油腻猪蹄汤；为了全身心照料孩子，放弃了所有业余爱好；为了呵护孩子健康成长，千方百计查阅各种秘方、验方。喂奶，刷奶瓶，冲奶粉，洗脸，擦澡，洗尿布，称体重，量身高……眼盯着儿子一天天长大，担心这个担心那个，真是捧在手里怕碎了、含在嘴里怕化了。当儿子第一次用童声撒娇地唱起"世上只有妈妈好"这首儿歌，妻子激动得热泪盈眶，眼睛都哭红了，心甘情愿地教儿子学爬，学坐，站立，走路，说话、穿鞋、套衣服、系纽扣、唱歌、跳舞、玩游戏。再大一点，就是絮絮叨叨地催着起床、穿衣服、刷牙、洗脸、喝水、吃饭、背书包，晚上又是催着写作业、洗脚、关灯、睡觉……倾尽全部时间、精力和心血，以母亲的耐心和毅力，呵护孩子幼小的心灵和童话般的时光。伟大的母爱就是如此辛劳、熟悉与温暖，如此细微、琐碎与平凡。

儿子喜欢让妻子背着，有时赖着不下来。转眼儿子三岁了，秤砣一样沉。那天清晨妻子又背着他在树林间散步，儿子竟乖巧地一边给她擦额头上的汗，一边关切地问："妈妈累了吧？"

妻子伸伸酸痛的腰，笑着说："你个小笨蛋，妈妈背儿子哪有累的。"

儿子眨眨眼，略加思索，笑着说："那等妈妈老了，我天天背着你。"儿子一句话，妻子心里像喝了蜜，顿时脚下生风，疲劳烟消云散。

后来儿子读了大学、研究生，和父母在一起的时间少了，可是父母的牵挂、惦记更多，头疼脑热、吃喝拉撒睡样样叮嘱，事事放不下心。

猎豹守崽，母鸡护雏……世间母爱是相通的。儿子入托、上小学，都是妻子用自行车接送。妻子下班后，立马骑上自行车，冲到学校门口。眼尖的儿子竟然能在如海的自行车流中，迅速沿着熟悉的车铃声，跑到妻子身边。记得断奶时，母子俩被硬性隔离，彼此几天不得见面。儿子抓耳挠腮哭着叫妈妈、找妈妈的画面和声音，至今深深刻在我的脑海里。

儿子从入托、上小学、上中学、上大学直到毕业工作，妻子的心就拴在儿子身上，用辛劳和白发，用爱陪着孩子一天天长大、一步步成长，孩子从没走出妻子的牵挂与视线。

看着儿子长大成人，将要走进婚姻的殿堂，妻子脸上既洋溢着幸福，又有几分淡淡的忧伤。我笑着说："宝贝儿子是上苍赐给我们的最宝贵的礼物，他已在爱的滋养下长大，到了该放飞的时候了！我们应当高兴。"

儿子录制了一段视频，动情地说道："我跟妈妈最亲，可曾多次惹妈妈生气，今天我向妈妈表示歉意！请家长放心，我会走好我的人生路……"当收到儿子这份礼物时，妻子特别高兴，眼角竟然泛着泪花。

我年近八十的父母，也揣上红包赶来参加结婚仪式，布满皱纹的脸笑成了一朵灿烂的金菊花。我母亲因长期患风湿性关节炎，两腿变形，走路困难，上下楼梯竟然不让搀扶，大家让出道儿，她自信地理一理满头白发，一步一步，一阶一阶，劲头特足。我的心又痛又酸，又喜又忧：这是爱的能量，这是爱的奇迹！

亲情无价，真爱不朽。经过心贴心的呵护培养，孩子走出父母的怀抱，像破土而出的嫩树苗，洋溢着蓬勃的生命气息和青春活力。

"爱的礼物"是人间真爱、骨肉亲情的传承与凝聚，最珍贵，最温馨，让人陶醉……

没有什么能毁灭精神，除了贫穷

文／楚天舒

在儿子出生以前，要把他培养成什么样我心里一点谱也没有。从书本、过来人的滔滔口水中，我隐约觉得，要对他狠一点，不可娇纵。

于是，这个 8 月底出生的孩子，遭遇了 10 年未遇的"秋老虎"，热得在小摇篮里嗷嗷啼哭时，我铁着心，竟然不去抱他。面对老爸老妈要和我拼命的抗议，我还是忍着，宁可他们去抱——小婴儿就是要让他自己睡，少抱。

一个月后，我完全扛不住那份假装的冷漠，想抱就抱，他要抱就抱——我的天，长时间拥抱一个初生孩子的感觉，美妙得像重生。好吧，我认了，就算以后他天天赖着我要抱，我也认了。

那时候，横着一条心：就一个孩子，宠坏了就宠坏了吧。

可是，随着孩子渐渐长大，做母亲的心里的那只魔兽又开始出来作祟：穷人的孩子早当家，富养女来穷养儿……

有时看着孩子熟睡的脸，我会叹息，唉，要是个女儿，我就能明目张胆为所欲为地给她买最好的衣服鞋子玩具，而不是总是跟她说：衣服鞋子干净能穿就行，挣钱不容易呀。

孩子10岁那年春天，我带他去婺源看油菜花，一整天穿街走巷拍照玩乐。临近傍晚，竟哗啦啦下起雨来，我们连奔带跑了一段终于钻进车里，准备躲过这阵雨。

儿子迟疑地看着我，说："妈妈，我的袜子湿了。"

"怎么才这几步就湿了袜子呢？"

我拿起他的球鞋，翻过底面，一看不打紧：竟有一个好大的洞！

我的心迅速揪得疼起来，"为什么不告诉妈妈鞋子坏了？"

小孩很无辜的样子，"妈妈，你不是说我脚长得快一年买两双鞋吗？一双凉鞋夏天穿，一双球鞋春秋穿呀。"

眼泪迅速吞噬了我的意识。我抱着这个被我穷养了10年的孩子，"那是妈妈胡说的，记住，一个人的一生，都要有舒

服温暖干燥的鞋。妈妈马上给你去买最好的球鞋。"

"妈妈，没关系的。"他伸手替我擦眼泪。

"有关系的。如果我们对鞋底有洞都无所谓，那我们对生活也太无所谓了。"

我的话，他不一定懂，但那晚，我们跑遍小镇，找到一家品牌店，给孩子买了一双旅游鞋。

从此以后，我不再迷信什么穷养富养。连奥斯汀她爹都这样告诉她：没有什么能毁灭精神，只有贫穷可以。

挣钱从来不容易，这世上又没几人是真的含着金汤匙出生的。但，我们可以拥有更高级更美好的物质时，不需要有罪恶感，勤俭节约只是生活习惯，跟美德无关。当这个曾经鞋底有洞都不愿换的孩子，渐渐发现物质实实在在高级比低级要好时，他依然如常地长大。

那日在飞往埃及的国际航班上，我们早早坐下，而这个年纪不大但个头挺高的孩子却一直忙个不停：一个个头矮小的异国女士拖着黑沉的行李箱过来，靠着过道的他立马起身，接过拉杆，把看上去明显不轻的箱子放上行李架……我数了一下，前后左右他帮了四位。

我笑：活雷锋呀。

他说：我是男生嘛。

飞机起飞前，我旁边的乘客面露不好意思的神色，隔着我问小孩：她想和过道那边的家人坐得近一点，能不能换个位子？他毫不犹豫笑吟吟地从靠过道的位置换了进来。

我看着孩子小声说："你这么高的个子这么长的腿，屈在里面多不舒服。"

"十来个小时，和家人近一点会好受些吧。要是我们这么坐着，你也会想换一下的啦。"小孩那自然得不行的表情让我忍着没有去亲他一口。

这个此刻脚上穿着名牌鞋的孩子，真对得起我富养他多年了。

看来，装穷和装富一样，完全没有必要。顺其自然培养，不管穷养富养，总会有好教养。

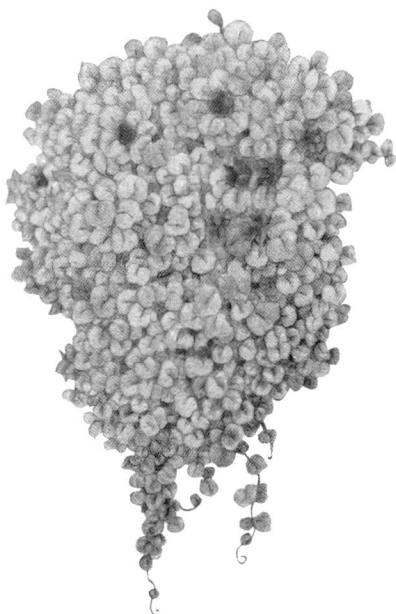

陪你一起修补旧时光

文 / 王清勇

我想到很远的地方去

那天，我把他从教室喊出来时，他正跟同学们打闹，看到我，突然沉默了。

我们两个走到教室外，我才发现他的个子已经很高了，肩膀宽宽的，嘴角也长出细细的茸毛。还有一年时间就要高考了，我不得不放下姿态，与他进行沟通。

我问他："你准备往哪里考？"

他看了我一眼，默不作声。

我又问他："你对你的未来，没有规划吗？"

他低头看脚尖，依旧不说话。

对于他的这种沉默，我无言以对。得知他来我们学校上学的消息后，我一度欣喜若狂。终于可以陪在他的身边了，看他成长，看他学习，看他的一举一动，一言一行。可是没想到，他对我如此冷淡。男孩的心结，太难打开了。

我知道，可能离婚这件事对他的影响太大了。在我心中，他一直是那个嬉皮笑脸要糖吃的孩子，一直是那个出其不意猛地从后面推你一下的孩子，他在我身边缠着，一声声地喊着妈妈。

可在他5岁那年，一切因为离婚而改变。他的爸爸要走了监护权，我来了省城，转到了这所学校，做了一名语文老师。起初离开他，有着噬骨的想念。后来知道他过得很好，继母对他也很好，于是渐渐心安。

可是，当他快要考大学时，我又开始紧张起来。

坐在铺满阳光的草地上，我再次问他："告诉我你的目标。"

他咬着嘴唇，说了句："我想到很远的地方去。"

你凭什么这么说我

我万万没想到，在最关键的节骨眼上，他却恋爱了。他的班主任程老师找到我，说他喜欢上了班里一个女生，而且那个女生也十分喜欢他，两个人传的小纸条，被他截了下来。

我接过那张纸条，上面是他大气的字：晚上一起走，请你吃好吃的，吻。

我觉得，我没有理由再气定神闲，于是找了个机会，把他喊了出来。

我旁敲侧击，然后追问班里有没有喜欢的女生。没想到，他抬起头，硬生生地说："有，而且我们准备考到同一所大学去。"

我惊呆，总想着他会掩饰一下，没想到他直截了当地承认。

心里的愤怒一点点升上来，我觉得我有点儿气急败坏，冲他尖声喊："你不能这样！"

他轻蔑地看我一眼，说："你凭什么说我？你管过我多少？"

我知道他心里怨怼情绪的来源。他不再是当年那个5岁的小男孩，拉着我的衣服号啕大哭,说妈妈不走。当年我忍住心酸给他编了一个故事,说妈妈要到很远的地方去,过不了多久就会回来。

可是我一去不回,在他心里,我一定是骗了他。

面对一个渐渐长大、成熟并带有你影子的孩子,我突然觉得说什么都很苍白无力。

我是怎么过来的

那天,我接到了他给我写的一封信,手写的。信里,他对那天的事情进行了郑重的道歉。

信足有两页,他的字写得端正有力,让我骄傲了好久。

他在信里说,他5岁之后,就再没有叫过妈妈。有一次去同学家里玩,同学妈妈给他做了很多好吃的,并且慷慨地拿出玩具让他玩,后来还开他玩笑,说让他喊妈妈。结果他摔了玩具,愤而出门,从此之后,再也没有去过那位同学家里。他说他现在感谢那位阿姨的付出。

在信的结尾,他写了一段话:"你知道我是怎么过来的吗?单亲家庭的孩子,最怕听到一家人出去旅游的讨论,最怕听到同学说关于爸爸妈妈吵架的烦恼,最怕看到那些妈妈拉着孩子试衣服……每当看到这些,我会骄傲地走到一个没人的地方,然后把小时候的经历再回忆一遍……"

那天,我在办公室哭了很久。

他也不知道我是怎么过来的。离开他之后,我来到现在的学校,距离家乡那个小城260公里。在课堂上,我常常会讲着课走神,一个人睡觉总是会梦到他拉着我的衣服说,妈妈不走,不走……

你敢碰她一下试试

离高考还有半年的时光，他终于和那个女孩约好不再谈情说爱。恰好有一个学生因为一点小事，被学校调到了另一个班级，我便把他调到我所在的班级。学生的家长抓住这件事不放，说我有私心，还找到学校里来大吵大闹。

我刚刚下课，那个家长就上前指着我破口大骂。我转身往回走不准备理他，可是他却不依不饶，上来拉我的衣服。

一个黑影冲出来，一下把那个男人推倒在地上，然后指着那个男人说："你敢碰她一下试试！"

是他。他的身材没有那个男人高大，甚至有些瘦弱，但是他的气势却十分强大。男人从地上站起来，犹豫了一下，没有朝他冲过去。

我突然觉得十分欣慰。

后来经过解释，学生的家长终于知道这是一场误会，并且执意要跟我道歉。临走的时候，他说了一句话："你儿子真厉害，可以保护妈妈了。"

这句话，让我骄傲了一个上午，就如同中彩票一样的感觉。

陪你度过好时光

高考成绩下来之后，他满脸沮丧，却也忧中带喜。他考上了自己想

上的那所大学，但是那个女生却没有考上那所学校。他问我："怎么办？"

我回答他："你现在最重要的不是恋爱，是理想。秦观有句词，读过没有？"

他狡黠地对我眨眨眼："又岂在朝朝暮暮？"

我大笑，他也跟着嘿嘿笑了。

他临走前，我准备请他吃顿饭，他想了想，说："等我再次回来吧，妈，谢谢你陪我这段时间。"

我觉得眼泪又要涌出来了。

秋天刚刚过，他给我寄了件披肩，尽管披在身上像是床单，可我依旧披着招摇过市。因为他说，那是他发了三天传单挣来的。

冬天还没有到，他寄来了一双手套，很暖和，他说我的手总是冻伤，他找了个家教做，挣钱还算可以。

偶尔，我也会给他爸爸打个电话，问候一下。这个男人在电话那边笑呵呵，说是儿子给他寄的电子烟，抽着和真烟一模一样，真是戒烟的好帮手。

我想，我们两个给他的伤痕，正随着他年龄的增长，一点点平复。在修补的过程中，我们更应该不遗余力。

我还想，过完冬天，就是春天了，在这个明媚的时刻，他的好时光里，我应该为他，做点什么。

比明亮灿烂一万倍的你

文/桑 然

和米尼过完一岁生日，猴爸爸就去北京工作了。想起来，他已经在北京度过了一整个冬天。

可是，能和米尼天天通电话的冬夜，应该和以往北方孤独寒冷的冬夜不一样吧。

米尼会喊的第一个称谓，就是"爸爸"。即使在猴爸爸离开家，他还很小的时候，在路上遇到戴着眼镜的男人，他都会趔趄着走过去，昂着头，响亮地喊："爸爸！"然后许久地停在那里，看着人家离开的身影，等着一个不会响应的回答。

直到现在，他已经一周岁零五个月，会说很多很多话了。但我公公，米尼的爷爷，从来没听他喊过一句"爷爷"。

无论怎么教，他仍然执拗地管我公公叫"爸爸"。只不过指着爸爸的照片或者听着爸爸的电话时，他会说："爸爸。"但碰到我公公，他除了喊"爸爸"之外，还做出打球的姿势，意思是："这是我经常打乒乓球的爸爸，不是我在远方工作的爸爸。"

"他是希望有个爸爸喊着，才这样做啊。"家里人叹息着说。我们都看得见他对爸爸的爱。

在古往今来谈及父子情的所有故事里，我最喜欢的，是蒲松龄《聊斋志异》里的《促织》：一个小男孩，他爸爸应付官差养的蟋蟀死了，为使爸爸免责，他自己变身蟋蟀，四处征战搏杀。故事里的孩子从来没有因为"我的家庭真是卑微啊"、"为什么我爸爸就是个养蟋蟀的呢"这样的问题叹息过，而仅仅是为之用尽全力。即使是俚俗稗史，也千古难掩深情。

在怀孕时和生产初，每每和我先生猴子谈及他到北京工作、两地分居的事，作为妈妈，我总是反应强烈，认定"爸爸应该天天守护着孩子，而不是追求什么子虚乌有的理想"。但慢慢地我发现，一个"积极、阳光、有理想、心里充满爱、经常出现"的爸爸比成天仅仅"存在着"的爸爸更重要，更让孩子骄傲。

因为这点，我们全家人和米尼一起，支持猴爸爸追求他想追求的东西。

想写这个故事的时候，我正在北京出差，从充满飞行气味的大皮箱里拿出两包熟花生。

那是我离开家前，米尼喘着粗气扛过来，嘴里喊着"爸爸，爸爸"塞进我行李中的，那是猴爸爸在家里最喜欢吃的零食。

"你都不想米尼。"我边掏花生，边开着玩笑说。

"谁说的！"猴爸爸急着嘟囔着说，"我都梦见他很多次了！"

这样的对话，让我想起自己怀孕八个月那会儿。一个夏天的晚上，我和猴子坐在家里的电视前。

那时，猴子的爸爸、我公公正身患重病，这个晚上，猴子罕有地不用去医院看护。

在电视起起落落的响声中，他一点点地算给我听，这笔药钱那笔花费，总之他又穷了。"我的命不好。"后来他笑起来，总结说。

那天夜里，夜更深的时候，我挺着肚子和他一起躺在床上。月光就那么明晃晃的一点儿，正照在他的肩膀上。我把自己和皮球米尼也贴了上去。就好像一个人，他走了那么远的路，背负了那么多七七八八的东西，可我和米尼还要不由分说地靠在他身上。我心里觉得难过，但也很开心。

"我想，皮球米尼是为了你来的呢。"当时，我怀着羞赧，这样说，"他肯定是经历了千百万世，在这里啊那里啊游来荡去。后来屈着手指算了算，哎呀，是时候了，就千辛万苦跑了来，扑通一声掉到我肚子里，宁可坐十个月百无聊赖的'胎狱'，就为了在你觉得自己穷了，觉得'我的人生为什么老是反反复复哇'，觉得命运不济的时候，探出头来跟你说，'哎，爸爸，我来啦'！"

"所以，"我笃定地总结说，"你的命真的很好。"

那天晚上，我冒失地替尚在肚子里的皮球米尼说了这样的话，但写下这个故事时，我已经深信一切将如我所言。

亲爱的太阳月亮和这世界上所有的光，谢谢你们把你们的孩子派到这世上，让我们亲眼看见比明亮耀眼灿烂一万倍之物。

家有"三不"娘亲

文/美 丫

一

我雀跃着冲进家时，看到我娘亲正倚在门边看着我"冷笑"：解放了吧？

我用力点头，终于可以离开她的一亩三分地，出去呼吸自由空气了。我拍着录取通知书，对，我，解放了！

没错，我就是那种18岁之前，被娘亲以爱的名义包裹得密不透风的孩子。我娘爱我，爱到骨头里，晚上睡觉翻个身，她在隔壁卧室都能听见。高中三年，除了家长、保姆身份，她又多了一层：营养师，导致我的体重从100斤上升到118斤——我个子不高，再不逃，以后我还能嫁得出去吗？现今通行证拿在手里，哈尔滨啊，1500公里外，虽然我不是孙猴子，但她也绝不是如来佛。我，蹦出去了！

我摇头晃脑，毫不掩饰我的得意。

哈。娘亲大笑：我也解放了，现在起，你，不归我管了。

于是我们兴高采烈地握手。我爸从卧室探出头来，搞什么呢？我和娘亲异口同声：庆祝解放。但我确定，娘亲的兴高采烈中有太多水分，眼看我就要蹦出她的掌心，她哪里高兴得起来？这么多年，我都怀疑她的人生就是不分青红皂白地爱我。我这一走，她岂非很无趣？心里是失落的吧？装就是了。

不过无论如何，这次，我非走不可。但是娘亲，我当然不是不爱你，不爱你还爱谁呢？我就是想要自由，如此而已。

二

刚会说话，她教我叫她娘，不是妈妈。她觉得这个字更亲。

对外介绍时，我跟人家说，我娘亲。

她听着很满意，点头，娘亲听着更好，亲，还有港味。看，除了娘亲爱我太烦琐、太紧密，平日我和娘亲还是很好的。现在我蹦出去，对于她，失落是有的，当然她不会真的生气。我唯一担心的，是她会不会受不了，跑去给我当陪读。

军训都结束了，我娘亲不仅没退休，我感觉她好像忽然忙了起来。

我从接电话的频率中察觉出端倪，我的娘亲，并没有如我所料定那样，每天给我打电话，我主动打三次，有两次是我爸接的。

大抵是习惯，每次听到爸的声音，我脱口便问：我娘呢？

答案不一，但情形却类似：我娘亲很忙，没空跟我说话。

她能忙啥？还真出乎我意料，她开始按时上下班，空闲了去做美容、跳舞，最过分的一次，她跟老同学到台湾旅游，也不开通手机的出境漫游业务，十天音信皆无。终于回来，接了我的电话，还没说几句，她就忙着挂，说跟我爸去看电影，再不走就晚了——这个人，是我娘亲吗？我记忆中除了管理和疼溺我，对其他一切皆无兴趣的娘亲？

她是不是被我的"离家出走"刺激得不大正常了？于是偷偷问我爸。

我爸说，你娘正常着呢，还经常跟我下馆子，高兴时陪我喝两杯，再正常不过了，我看是你不正常了。

可我总觉得那个娘亲不是我熟悉的娘亲了。不从早到晚对我嘘寒问暖了，也不跟我啰唆絮叨了——明明是我曾经所盼望的，为什么心里却有些失落呢？

三

离家小半年了，接到放假通知，就给我娘亲打了电话：娘，我马上放假了。

哦，放假回来吗？我娘亲漫不经心地问。

我顿时被噎住，这是什么话？那是我家，不回家我去哪儿？

我娘亲很好脾气地解释，现在大学生好多放假都不回家，在外面打工，或者和同学去旅游什么的，我以为你也有其他打算呢。

我，什么打算都没有，我愤愤地说，我都买票了，我要——回家。

哦，我娘亲笑起来，欢迎回家，那我明天下班不出去跳舞了，在家给你做鱼。

这还差不多。我心里终于舒服了一点。

下了火车，我娘亲也没有如我想的那般，去站台迎接我，然后给我一个热泪盈眶的大拥抱。站台就我爸，我娘亲忙着弄鱼，走不开。

半小时后，在厨房门口看到我娘亲，她扎着围裙唱着歌，兴高采烈。看到我，只调侃一句，减肥成功啊。

当然成功，猪肉白菜炖粉条吃得我都想吐了。我暗暗感慨，这天底下的饭菜，哪里会有家里的好吃呢？还有，衣服自己洗、饭盒自己刷……这小半年的日子，早打败了我当初奔往自由的欢喜。

娘亲，你就真的不惦记我？饭桌上，我一边大快朵颐一边试探着问。

我娘亲白我一眼，我把你养到18岁，以后的路就靠你自己走，惦记也没有用。

这冷静理智的口气，倒是很像我的导师。我狐疑地看着她，你是不是记仇呢？当初，你是想让我考离家近的大学吧？

跟你记仇？你是我闺女。我娘亲打我脑门一下，脑子不正常了吧你？

一个寒假，我娘亲一点没有腻味我，反倒是我常常不由自主地腻味她：娘，别看电视了，跟我去买两件衣服呗？娘，别去跳舞了，我想吃你做的酸奶……

每每我有要求，娘亲倒从不拒绝。我笑她，现在是典型的"三不"娘亲：不主动、不拒绝、不负责。

她抗议，不负责你能幸福喜乐地长到这么大？

那现在你怎么不负责了？我反问。

现在你不需要我负责了。她泰然，你大了，自由了。

娘亲的改变，让全世界都欢喜。这样过了两年，我终于知道我娘亲原来真不是装的。她是真的改变了，在我考上大学离开家之后，她变成了另外一个娘亲，安心坦然地松开手把我放飞了。

我，真的不再是我娘亲人生的重心了。她在我离开后，不仅开始努力工作，事业有了攀升，还找回了曾经久不联系的大学同学，常常聚一聚。她健身、旅游、陪我爸散步、看电影，回我奶奶家过周末。用我爸的话说，活得丰富多彩，让人欢喜。

我听得出来，我爸是喜欢这样一个我娘亲的，她的身份不再只是我的娘亲，而是妻子、女儿、儿媳、朋友和一个独立的女人。总之，我娘亲的改变，让全世界都欢喜。除了我。

电话里，我跟我爸矫情，她就是不像以前那样爱我了。

我爸却丝毫不同情我，他说，所有一个娘该做的，你娘都做了。现在，她终于可以对自己好一点，过自己的生活了，反倒是你不愿意，狼心狗肺啊你？

结果，讨伐得我不住声求饶——没错，我的娘亲，她不是不爱我，只是换了爱的方式，她在恰当的时间，给了我也还给她自己生活的自由。

娘亲知道，早晚我是要一个人飞的，早晚她要面对没有我陪伴的生活，而早晚我也会失去她。这是亲人之爱必经的过程。就如娘亲所说，人生聚散也是常有的，如果可以收放得当、进退合宜，那是再好不过的了。

去英国旅行的妈妈

文／米 周

　　她是我妈。五年前，她把我送到欧洲去读书，五年后毕业，我在英国，她要来看我。我去接她，她一身冲锋衣，背个小书包，拖着一个拉杆箱，在希思罗机场中，稍显土气。

　　和许多妈妈一样，她到英国面临着很多的不习惯。而她的这些不习惯，也让我无所适从。

　　比如，她会在店里试衣服的时候，大声用中文跟店员讲那衣服如何如何大了小了，自己原来体型很棒，等等。而我只好在一旁飞速地挑重点翻译，最终告诉人家，我们再去别的地方逛逛好了。

　　我带她去吃中餐，她吃得不开心：这东西国内一半价钱就吃到，你带我吃这个干吗？于是我从网上查了几家评价不错的西餐馆，进去之后她又读不懂菜单。我给她从头到尾翻译菜单，通常是翻后面的时候，她就把前面的忘记了。最后胡乱点了一个，回头还埋怨我，说不了解的地方就敢来，西餐也没什么好吃嘛。

　　虽然从来都不是小气的人，可她却习惯于在每个价格后面加一个零，换算成人民币，然后嘟囔一句：好贵啊。她会嫌弃外国人办事效率低，说结账的人半天不来，一个劲让我催促。

　　她特别喜欢小孩子，看见"洋娃娃"总喜欢用中国人的方式逗人家。

她喜欢照相，随时随地摆出各种造型，而且对相片的质量要求非常高，人的大小、景物的高低，都不能马虎。有时为了照好一张相片，不惜浪费很长时间。

有时候，她让人哭笑不得。因为不会说英文，所以她特别愿意主动和一路上遇见的中国人聊天，尤其是留学生。留学生们和她聊了一会儿之后，总会对我说一句：能带着妈妈出来玩，羡慕死我们了。如果说这话的是姑娘，她就会事后冲着我自豪地说：看，人家都羡慕你呢！仿佛是她帮我在姑娘面前加了分似的。

有时候，她让人觉得很无奈。她习惯国内有人陪伴的购物体验，对于英国店员总是站在一旁让你自己看来看去觉得很不理解。她总是拿起她感兴趣的东西，让我在外包装上找出原料、原产地、生产日期。我虽然日常英语还 OK，但隔行如隔山，就算叫来店员，化妆品方面的问题也经常是所答非所问。

有时候，她让人很心烦。尽管从没来过英国，地图也不在她手中，但她总是要对我所走的路线提出质疑。我在和别人交流时，比如问路、买票、结账的时候，她总是不停提醒我，钱要点好，不要被骗，票据要清楚，收据要留好，等等。我一边讲英文，还要腾出一个耳朵来听她喋喋不休的中文。

终于有一次，因为办退税，我们出现了分歧。我带着她走到海德公园，找了个长椅坐了下来，对她说，我累了，想歇一歇。她知道我不开心，倒也不急，坐在旁边，自己拿出那本《孤独星球·英国》慢慢看起来。那是本又厚又重的书，却是她一路上唯一的一本中文书，已经被她翻了好几遍。

过了一会儿，她轻轻地点点我，像个孩子一样对我说：我想上厕所。我叹了口气，把她带到附近的一个公厕，帮她投了币，看着她走进去。等她出来，我又带她回到了那条长椅。过了好久，她都没有说话。

我想你爸了。她突然说了一句。

我忽然意识到自己做了一件多么可怕的事情。独自生活的五年早已让我忘记了刚踏上这片土地时的恐慌。我很自然地认为，我知道的事情，所有人都应该知道。除了"English，No"之外，她几乎不会讲一句英文，更是一个字也听不懂，而我是连接她与外界的唯一通道。她的一切，除了我，只有那本《英国》。

我隐约记起，在我刚踏上欧洲土地的时候，也曾经因为在餐馆聊天声音大，引得邻桌频频侧目，也曾吃不惯那血淋淋的牛排和苦兮兮的咖啡，也曾将所有的价格乘以汇率，然后畏首畏尾地花钱，也曾向"洋娃娃"抛过媚眼，而被他们父母投回善意的微笑，也曾随身带着相机，在别人的目光中留影纪念。

中西方的环境相差如此之大，我怎么可以期待她在几天之内就做到我几年才领悟的东西？她敢于从自己熟悉的世界买张机票跑到万里之外的英国，就是因为我在这里，我是她的信心。

她确实愿和遇见的中国人聊天，但往往都聊得很投机。很多人甚至和她互留邮址，约定回国联系。她确实喜欢通过我和外国人问这问那，但也说出一些比我有深度的观点让外国人惊诧。我们甚至遇到一位老教授，为了听我妈妈讲中国而请我们吃了一顿价格不菲的晚餐。她确实做事很小心，可这是她一贯的作风，而我也因为保留了结账的票据，在稍后发生的事情上大大受益。她虽不会英文，却倾其所有，让我得到最好的教育。

我站起来，拉起她的手，对她说，咱们走吧。

去哪儿？

白金汉宫。

那是哪儿？

是英国女王住的地方。

她打开她的小书包，拿出那本《英国》，打算找白金汉宫的介绍。我把书接过来，翻到了那一页，边走边给她念：白金汉宫，是位于英国威斯敏斯特城内……

一段念下来，她似听非听，眼睛看着远方。

听了吗？

嗯。

看什么呢？

她指着天边，对我说：你看那边的天好低啊，云彩好像伸手就能够到。

初秋的伦敦有些潮湿，温暖的太阳晒出落叶腐败的味道。我越过她的头顶向她指的方向看去，才发现，原来五年没有和她并肩走过，她竟然矮了那么多。

和她在英国的旅行已经过去了两个月，我们已经回到了国内，而她也回到了熟悉的环境，每天依旧忙忙碌碌地赶场子上课，满意于饭店里服务员的速度，购物的时候被店员尾随着，随时问这问那，就好像那一个月的英国之旅从没发生过一样。只是偶尔，吃过晚饭，她会对我和我爸说，她有时候会恍惚地想起她在英国牵着我的衣角跟在我后面什么都不用愁地走着，那感觉真棒——

我也记得那感觉，那年我四岁。

下辈子，我来打理你的衣橱

文／亦 非

一

我相亲那天，穿了件面料打皱的灰裙子，她结束晨练和我出门的时间刚好错过。等晚上我回到家，果然，她朝我发了好大一通火：哪有一个女孩子穿成这个样子去见人！

的确，这件灰不溜秋的裙子套在我身上难看极了，衬不出肤色，显不出身段。可我面无惧色，振振有词地反驳：衣服如外表，随时可换掉，他要是喜欢好的外表，可以去商场女装区，每天换一件都不成问题，还不重样。

她气结，瞪了我半天，然后甩门离开。

要知道，人靠衣裳，马靠鞍，这是她信奉的真谛。事实证明她是对的，因为这之后我相亲的那个人再也没有跟我联系。

她把这一切归结于那条应该淘汰的裙子，终于，她狠下心开始清理我的衣柜。

一直以来，我的衣柜都是她在打理，因为曾经里面有各种质地的衣裳，纤维的、棉的、蕾丝的、亚麻的、呢子的，乱作一团，更不用说袜子手套之类，都被我扔得东一只西一只。她看了总是心疼不已，连说我败家。她生长的岁月物质匮乏，而我出生在这样一个物欲横流的年代，对于衣物，她顽固得像一个捍卫者，慎重而认真，就算不能穿了，也会物尽其用地剪裁成抹布。所以我对待衣服的态度，随便又率性，她不能理解。

她经常回忆衣服带给她的苦，说小时候家境贫寒，母亲又早逝，继母对她并不好，大冬天的，她端着一大盆厚厚的棉布衣服到院塘里。冰那样厚，要先拿石头把冰砸个窟窿，水才会出来，那些棉布衣服浸了水以后又厚又重又冰，她总是咬着牙，颤抖着，把衣服清洗干净。

当然，偶尔也有开心的时候，15岁时她拥有了第一双尼龙袜子，这是那个时代每个女孩子都渴望拥有的。她偷偷地接活儿缝制鞋垫，几个月后拿到钱时给自己买了双尼龙袜，但是想到继母夹枪带棒的语气，又将袜子悄悄塞给姑姑，叮嘱姑姑拿到家里给她，说是帮她干活的酬劳。

日子过得异常艰辛，连对自己好都要费尽心机。

她结婚的时候，也只是扯了几尺红布，并没有别的嫁妆。后来，我出生，家里的境况才渐好。

由于双方工作的原因，在我小学三年级之前，她和父亲是分地而居的，一个在北方，一个在南方，只有为数不多的假期才能难得一聚。我随父亲生活在南方，每次分别，她都会很细心地为我收拾衣物，给松掉的扣子加固，将开线的裤子缝合，往往一收拾就是几天。最后，春夏秋冬的衣服，按季节顺序叠好，装进行李箱里，满满几大包。

那时，我年幼，不懂分别，看到家里处处小山堆似的衣服，占据了游戏的空间，有些恼怒：为什么要收这么多？为什么夏天不能穿冬天的衣服，而冬天也不能穿夏天的衣服？

她书读得不多，初中还没念完，许多关于自然科学方面的问题她都回答不上来，向来支吾着敷衍过去，只有这一次，她的答案生动而精彩，让我满意极了，她说：那是因为夏天的裙子要在冬天冬眠，而冬天的棉衣要在夏天补觉。

二

高中时，由于生理及压力，我变得很胖，买衣服成了我最大的难题。她带着我穿梭在各种品牌的少女服装中，但连续多次试衣终于击碎了她把我改造成窈窕淑女的理想，无奈中给我添置了一身真维斯男装。

后来的某一天她告诉我说：所有我年少时没有实现的理想、所缺失的关爱，我都想在你身上完成和弥补，所以你得穿我没穿过的衣服，读我没读过的书。她说得这样霸道，我明白这是她以独有的方式对我好，不计回报。

大学毕业后，我穿着她给我准备的套装去面试，很顺利地得到一份工作。在我的努力下，工作日渐步入正轨，公司推荐我主持酒会，精挑细选地租了一条晚礼长裙，这真是件漂亮的衣裳：海一样的颜色，细细的金线含蓄温柔地匍匐在海底，裙尾处的一笔精彩转折让高雅端庄平添了几分俏丽活泼。

当晚我在家里穿着长裙手拿主持词一遍一遍地对着镜子演练，她在一旁戴着老花镜，微眯着眼，目光里又是赞叹又是欣赏。

直到完毕，她还怔怔地坐在那里发愣。我想了想，顿时明了，脱下长裙放在她面前，笑道："你试试？"她像是吓了一跳，连连摆手，"老骨头一把了，我可不想被人说成'老妖婆'。"说完笑着摇摇头到厨房炖汤去了。

半夜，我口渴，起床喝水，发现她的卧室还透着光，心里诧异，悄悄走过去，我可能永远不会忘记那一幕：她站在镜前，将长裙缓缓地在身上比画着，眼神里折射出的追忆、缅怀、释然、幸福，最后都闪耀成细碎的光，破裂在她不再年轻的脸上……最终，长裙还是被挂起，我蹑手蹑脚地回到房间。

后来，我频繁地更换衣裙，她看出端倪，试探道："觉得合适，就带回家看看吧。"我哑然，关于对方我只字未提，她如何得知？她看我愣住，清清嗓子，"最近，衣服换得真勤快！"

把男友带回家的当天，我紧张极了，她挑男人的眼光比挑衣服更甚。男友走后，她在客厅里戴着老花镜慢悠悠地翻着报纸，良久才轻声说："不错的小伙子，衬衣款式简单，领口袖口也很干净，皮鞋也没有灰尘，送我的这件外套也很大方得体，是个踏实过日子的。"

三

她喜欢和我一起逛街，用战利品来填充衣柜，可和她在一起逛街，我有些无趣。她挑的衣服颜色暗淡，款式乏味，我推荐的款她只觉得太花哨。渐渐地，我同她逛街的次数越来越少。

她开始觉得不满，说："你有时间上网聊天，有时间应酬客户，有时间约会泡吧，有时间健身瑜伽，就是没有时间陪我这个老太婆，我知道我老了，讨人嫌了。"

我口里信誓旦旦："下次，下次一定陪你逛。"眼睛却紧盯屏幕，十指飞快地将键盘敲得噼啪作响，纠缠这个客户良久，用这份企划书我势必要将他拿下。

她站在我身边，翻了翻我电脑桌上的台历，看到满满的日程表，怏怏地转身出去。其实我也明白，她拉我逛街不是为购物，而是想和我一起分享只属于母女的温馨时光。

被医院告知她心脏有问题需要手术的那天，我很难受，虽然医生分析成功的概率远大于失败，但无可否认我依然承受着失去她的风险。这让我陷入恐慌，我一直都认为她能陪我走很远很久，都快要忘记，她是我的母亲，更是一个普通的凡人，会老，会病，也会永远离去，可我还来不及回报她对我的好，还没有履行"下次一定陪你逛"的承诺。

　　如果能够，如果真的有来世，我希望我和她的身份颠倒，我是母亲，她是女儿，让她拥有一个缤纷多彩的衣柜。

追不上的妈妈

文/牛 牛

我妈是个非常牛的人。牛到什么地步呢？作为她女儿，我上大学的时候居然会用"抱歉，我想找个我妈那样的男朋友"这种理由来拒绝向我表白的傻小子。当然，我不是喜欢女人，也不是要找个无微不至照顾我的人做男友。对上面那句话的进一步解释是：我要找个像我妈一样聪明、幽默、独立、坚强，对一切新生事物保持旺盛的好奇心和学习能力的人做男友。没错，我妈就是这么了不起。

在我眼中，我妈的优秀事迹俯拾皆是，所以必须从头讲起：她比我大30岁零5个月，生于一个工人家庭，从小聪明伶俐，"睁一只眼闭一只眼，一边睡觉一边听课都没拿过第二"。据我多年的观察，以及姥姥姥爷在世时的证实，我妈没有吹牛。

我妈读到小学四年级时，"文革"开始，课程全改成喊口号，这学算是没法继续上了。16岁时，她进厂当了工人，学了缝纫、开拖拉机、操控车床、维护保养柴油发动机等一系列在我看来不可思议的技能。其间，她还因为同情"右派"被全厂大批斗。

恢复高考后，我妈重新拿起书本自学，考上本省一所大学。那4年，她接触到了梦寐以求的知识，并认识了我爹。毕业后她留校任教，其间读了硕士。没几年，有了我。

在我童年的记忆中，我家有一个占据整堵墙的书架，上面摆满了书。

可惜我生性散漫，只拣一些小说传记来看。爸妈对我虽然寄予很高期望，但并不严格督促我的学习，更不干涉我的兴趣。童年时期，我在我妈的引导下获得了无数乐趣：她和我一起养过各种乱七八糟的小动物——鸡、老鼠、荷兰猪、虫子，带我看了各种有趣的书——凡尔纳和星新一的科幻小说，金庸和古龙的武侠小说，琼瑶和亦舒的言情小说，鲁迅和杨绛的散文，康拉德·劳伦兹的动物行为学著作……

我妈就像是一座蕴藏丰富的宝藏，总有讲不完的故事和笑话。我至今记得初中时，有天吃午饭，我突然问宦官到底怎么回事。我妈哈哈一笑，开始很详细地讲解，声情并茂、手舞足蹈。当时我爸那个尴尬的表情啊，我都不忍心回忆。

和一般的妈妈不同，她不需要费心猜测自己的孩子喜欢什么，因为她永远以饱满的好奇心冲在有趣事物的第一线，如果不是她每每回头与我分享，我不知会错过多少风景。

1999 年年底，我家有了第一台电脑。我和我爸猴似的围着它上蹿下跳了一阵，却都没能学会熟练操作，只有我妈，每天默默钻研。记得 2000 年我第一次在网吧接触到 OICQ（QQ 的前身），屁颠屁颠地回家跟我妈显摆，说有个软件特别牛，能即时聊天。我妈玩着电脑，淡淡地说：你才知道吗？我已经用了一年了。那是我第一次被大我 30 岁、当时已经 40 多岁的妈鄙视。类似的事后来还有很多，我都习惯了。

上了大学，当我刚刚知道什么是古典自由主义时，发现我妈作为一个支持自由市场的经济学教授，早已遍读亚当·斯密、哈耶克等人的著作。她用淘宝也在我之前，而且比我更加疯狂。衣服、零食什么的实在太小儿科，几年前，我妈就开始在淘宝上买回一堆配置自己攒电脑。

接近 50 岁时，我妈想跳槽。她把家里的财务权交给我爸，拉个旅行箱，拍拍屁股就走了。我爸傻眼之余，心中恐怕还是十分佩服的。

如今，我妈也快 60 岁了，字典里仍然没有"无聊"这个词。她每年拉着我爸进行一次国外旅行，自己没事也会在周围城市逛逛。她看最新的美剧，刷最新的资讯，用最新的电子产品，紧跟时代，从未停止学习。她永远大我 30 岁，永远比我走得更快更远。我可能终此一生都无法望其项背，唯愿 30 年后，能有她一半的阅读量、学习能力和好奇心。

老爸的"鸿门宴"

文/宁子

许凯是我男朋友。我们是研究生时的同学，相恋 4 年，感情深厚。

不待见我的，是他父母。两个月前我跟许凯拜访过他们后，婚事就再没了下文。我知道，他们不希望有我这样的儿媳妇——还不是我本身的问题。

我自认从相貌到学历到工作，都配得上许凯。不接受，是因为所谓的"门不当户不对"——我 9 岁时失去母亲，从此跟着老爸长大成人，是单亲家庭的孩子。而老爸，在机械厂当了半辈子技工，生活在所谓的社会底层，和许凯都为大学教授的爸妈，不在一个"档次"。

许凯努力从中转圜，游说我再去他家拜访一次。他坚定不移地相信，了解我后，他父母一定会懂得我的好。

我告诉许凯，我爸说了，要么邀请你父母来我家里做客，要么就不见，这事没得商量。

两天后，许凯的爸妈答复了，周末来我家做客。

我把消息转达给老爸，他淡定地点点头说，那咱们就恭候大驾了。

我问老爸，要不要去采购一些好菜？

其实我担心的不是饭菜问题。许凯家住 200 平方米的复式，小区如公园一般景色宜人，欧式风格的装修典雅别致。而我们家，老城区里的工厂家属院，老式的 5 层楼房，灰秃秃的外墙上爬满了古老的青藤，房子比我年龄还大……纵然我不自卑，可是毕竟许凯爸妈的态度，会影响到我的爱情走向，由不得我不紧张。

老爸却大手一挥，我的厨艺你还不放心？你只管迎接客人，其他的交给我了。

我便真的放下心来。从小到大，在我记忆里，还没有老爸解决不了的问题。

接了许凯爸妈过来，开门时，听见家里竟然有人说话。抬头，看到楼上的李伯伯楼下的陈阿姨和对面的韩叔叔夫妻，正围桌而坐，聊得热火朝天。而老爸，墨绿色休闲西装、白棉布衬衫、黑长裤，不刻意也不随意，倒是惊得我嘴巴张得老大。以前只觉得老爸五官好看，没想到，身材也如此棒，典型的老帅哥一枚。

老帅哥落落大方地迎接客人，顺便介绍左右邻居，对许凯妈妈说，他们都是小佳的长辈，从小看着她长大的，所以一起过来热闹热闹。

叔叔阿姨们果然很有主人范儿，两个陪一个，把许凯爸妈围到了中间。因为人多，原本不大的客厅更显拥挤，但的确热闹。

我拉许凯进厨房，顺便打量了一下家里微妙的变化。才两天没从公司宿舍回来，家里居然有了些可爱的小改变。屋角多了一个铁艺花架，摆了两盆吊兰，把整洁的小家装点得更清新。

当然，这个家和许凯的家不能比，可是，再不好也是我的家。忽然明白了老爸坚持让许凯爸妈来家里见面的原因，正是老爸一贯的坦白。用他的话说，最简单的方式，就是凡事不隐瞒。

有什么好隐瞒的？就像眼下这桌看上去色泽清新的凉菜宴，虽是清淡简约，在 9 月尚且有几分燥热的天气，却更贴切味蕾。

这就是我和老爸的生活，我们简单，但不简陋。

果然，许凯爸妈对饭菜很满意。得知都是老爸亲自下厨制作，许凯妈妈更是流露欣喜，用教授式的语言说，书上说爱做饭的男子心地柔软，难怪养的女儿好修养、好脾气。

开了酒，韩叔叔先敬许凯爸爸，并告知儿子正在许凯爸爸就职的院校读大学，成绩还不错。然后指指我，都是小佳的功劳。

就着这个话题，各位邻居开始给我无限赞美：懂事、勤劳、助人为乐，从小学习成绩好，假期义务当教员，给小区成绩不好的孩子补课，坚持了很多年。

此言倒也不虚。我笑着接受这些赞美，也坦白事出有因——失去妈妈以后，是院子里的邻居们给我细腻周到的爱护和照顾，才让我在单亲家庭，过着比双亲家庭还有爱的生活。

所以，趁此机会，我也敬各位有爱的叔叔伯伯和阿姨。

老爸说，咳，咱这样的小区，虽然都不是有钱人，却是个大家庭，缺钱，但不缺爱。

这话，说得丝毫不逊色于大学教授的深度。

老爸说完，冲我眨眨眼睛，我也冲他赞一个。

我在许凯爸妈眼中，看到了几许感慨，几许感触，几许感动。

这正是老爸的最终目的，就是要让他们看到我简单但不简陋的成长，看到我的好，看到我的优秀不输于任何家境优越的孩子。可谓是用心良苦。

这简单的凉菜宴，其实，也是他摆的"鸿门宴"呢，只是不同于项羽，终是放走了死敌刘邦，最后输于对方手中。老爸，非大获全胜不可。看，吃着聊着，他便对我说，小佳，领阿姨在家里转转吧。

许凯妈妈笑着点头，仿佛正有此意。

我的小房间，墙壁被老爸粉刷成浅浅的紫，别致的顶灯也是浅紫色。我对许凯妈妈说，顶灯是我爸自己设计的。

许凯妈妈诧异，颜色搭配得很好看呢。

包括窗帘，也是浅紫色底子撒满白色小花，都是老爸的杰作。我告诉她，从小到大，我的卧室，一年四季墙壁都是不同的颜色，搭配着不同色系的窗帘和顶灯。

许凯妈妈感慨，你爸爸够不容易。

但是……我想了想，认真地对她说，我们过得很快乐。他总能给我惊喜，包括我穿的衣服，都是他挑选的，大家都说好看。

许凯妈妈点头，是个好爸爸。

在一个精致的相册里，保存是我从幼儿园到大学毕业，繁多的奖状和获奖证书。用老爸的话说，这才是硬件。而此刻我真想问许凯妈妈，我这个单亲家庭的孩子，真的比许凯差劲吗？

当然，我要保持谦虚，品质更是硬件。

更何况，我已经看出了许凯妈妈转变的态度，虽然她说得婉转：以后，你和小凯要对你爸好。

而那边饭桌上，许凯爸爸已被热情的叔叔伯伯敬得小有醉意，直夸我们这个大家庭温暖……

老爸呢，稳稳坐在一旁，神情诚恳。但眼神里，却有浅浅的得意，得意于他这场"鸿门宴"的完美结局。

只是那得意，也只有我这个女儿才能看得出来——那是他在收获这么多年里给我的爱。

藕片的韧劲儿是有限的

文 / 白的的

谢小七最爱吃老妈做的糖醋藕夹。工作在外地，买不到新鲜藕，每次都让老妈背几节来下锅。外面餐馆里也有藕夹，但小七从来不屑一顾，"和我妈的手艺比，差远了！"

到底怎么个好吃？小七"哎呀"一声刚想说，口水先涌出来。

嫩生生的脆藕去皮、切片，在每个薄片侧面再划"半刀"，使藕片一半断开，一半连着。用筷子把和好的精肉馅儿轻轻塞进脆薄的藕片里，肉少了不香，肉多了或者用力大一点，藕片就会断。而且老妈的藕夹每一片都不沾面粉，下锅小火慢炸，把洁白的鲜藕炸得两面微微金黄。这一番功夫还不够，最后还要另起一口锅，让藕夹们次第飞入早调制熬好的糖醋浓汁里。

谢小七所爱的糖醋藕夹，就是这样一道有很多滋味的菜，有荤有素、有酸有甜，要烈火烹油，要小火熬酱，要有足够的爱、足够的耐心、足够的时间，才能让这些滋味恰如其分地融在一起。

只有自家厨房肯花几个小时做这道菜。小七念念不忘心中的糖醋藕夹，她想把爸妈接来一起生活，一家人在一起，天天都能解馋。

这种生活来得很快。小七怀孕，谢妈妈背着一大包鲜藕来了，她迅速把一切打理得熨帖妥当，从吃喝到琐事，处处让小七感到"这才是家嘛"！

但问题接踵而来。先是东西找不到，小七发现，放在客厅橱顶的白酒没了，不久在厨房菜柜的角落出现，老妈说："酒不是应该放这里吗？"咖啡和咖喱都找不到了，连片糖和粟粉也不知所踪，老妈一脸无辜，"不认识啊……不过上次有些瓶瓶罐罐我给你收起来了。"

秩序还在，有些东西却乱了。要挂的衬衫被一件件规整地叠放起来，夏天的裙子和冬天的棉衣整整齐齐地混在一起，洗脸毛巾被当成擦手毛巾扔进洗衣机。

不对劲的地方还有很多。小七习惯每周请小时工打扫一次，老妈一来，怎么也不让人家上门，"我都来了，要她干吗？"

以前小七总安排些聚餐，自从老妈来了，一顿也不许在外面吃，"多不干净！"

美味的家乡菜渐渐显得平淡。小七开始觉得，家的滋味也不是十全十美。成年了的孩子再回到妈妈的怀抱，居然像藕片夹肉馅儿，需要一点一点地塞进去，越想要藕片薄得贴近，越需要细心努力地维系。尽管双方搭配在一起有着普天之下最好的滋味，但烹制的过程绝没有那么轻巧。

藕片的韧劲儿是有限的，酸甜滋味是交织着的微妙感觉——就像小七的生活一样。

那天老妈干了两件事。第一，她认真洗完了小七新买的一件羊绒衫。这件标明"只能干洗"的衣服被老妈泡在温水里搓洗，悬挂在阳台上暴晒了一下午。第二，她爬上爬下，把布满灰尘的纱窗门拆洗了一遍，墙旮旯里的灰也趴在地上擦干净了。天下会有一个人花那么多力气，只为了把所有的好东西都集中给你——有时却忘了问你需不需要。

小七晚上一回家就急了，一串问话脱口而出："你怎么能自己洗门呢？上上下下爬凳子，摔下来怎么办？趴在地上干活，站起来头晕怎么办？就不能请小时工来打扫吗？实在不行也等我回家再洗啊？你知不知道这件衣服只能干洗不能下水的，要 3000 多块钱呢！非要干那么多活儿干什么，有空不能看看电视吗？"

一箩筐抱怨砸过去，老妈却在厨房专心切菜，背对着小七，一言不发。沉默惹恼了小七，她冲上前去，对着老妈跺脚大喊："我的话你听见没有？干吗要做那么多事啊，你知不知道我不需要你做这么多、管这么多？"

手头的事情终于忙妥，老妈好像突然恢复了听力。她把刀放下，转过身来，像孩子一样双手举起，摆出投降的姿势往后躲，"是我不好，你别生气，气坏了身体。你看，我给你做了什么……"

"哎——呀！"小七一看，眼泪倒先扑簌簌地落下来。

案板上，齐齐放着百十个洁白的藕片。

厨房里的西西弗斯

文／张梦圆

我妈去内蒙古工作后便很少打电话骚扰我了。有时，我给她打去电话慰问近况，却总是得到"我要忙死啦"这样匆忙又充实的搪塞。于是，我欣慰地用故作酸溜溜的语气跟我爸说：你瞧，连我妈都成大忙人了。

一个月前，我妈所在的工厂因效益问题停产。从清晨睁眼的那一刻起她便开始发呆，直至中午再缓缓地踱到厨房里开始机械地忙碌。她把灶台上溅得到处都是的油渍擦拭得干干净净，把水槽里的碗筷洗得闪闪发亮，把前一天购置来的食材切得整整齐齐。她还会趁着余兴，把家里的脏衣服丢进洗衣机的卷筒，弓着腰把每一寸地板拖得一尘不染。她做完这一切后便静静地坐在沙发上，看着如同裹脚布一样的台剧韩剧，等待我和我爸回来。

可惜进门后，我们两个"没心没肺的东西"总会踩脏地板，一边吃着我妈万年不变的烩菜一边抱怨"盐又放多了"，酒足饭饱之后把油乎乎的碗碟往餐桌腹地一推，一人抱着一半西瓜就啃起来，不消停的嘴巴像机关枪一样把西瓜子星罗棋布地吐了一桌。拍拍屁股去上班前，还不忘把溅上菜汁的睡衣丢给我妈。

没有什么任务比我妈的劳动更像西西弗斯的酷刑了。她必须日复一日守护着清洁，尽管下一秒我和我爸依旧会把她推下肮脏的深渊。她刷着永远也刷不完的碗，掸着永远也掸不完的灰尘，洗着永远也洗不完的衣服。我妈在原地踏步的家务中变得枯竭和衰老。

为了杀死我妈的无聊，我爸力图带着我妈去爬山旅游，我则天真地抱来一堆民国才女们写的书，强迫我妈培养读书的高雅爱好。而我妈在我们的折腾中愈发不快乐了，几十年如流水一样的凡俗生活早就冲淡了她重新热爱生活的兴趣。她像在监狱里囚禁了太久的犯人，突然间无事可做的自由让她彷徨，于是她又无比想念那片牢笼。

我妈终于成了绝望主妇。她开始苛刻地要求我爸，把她的意志不由分说地强加给我，在街头巷尾谈论着邻里间的八卦闲话。看着我妈在厨房里孤独的身影，我突然意识到没有家庭的话，她就什么也不是。

终于，我舅舅在内蒙古为我妈谋到一份差事。一夜之间，我妈就像第一次上学的小学生一样既紧张又憧憬，满心虔诚地收拾着她的行囊，疲软的生活顿时又紧绷起来。正像波伏娃说的，让女人们都去工作吧，只有这样她才终于不是家庭的寄生者，终于拥抱了最真切的自由。

出发前，我妈最后一次把家里的地板拖得一尘不染，把油腻腻的碗碟刷得可以映出人影，把堆积如山的脏衣服洗得清香扑鼻，然后潇洒地撤离巨石背后，不管它最后会滚进哪个肮脏的阴沟。

我爸查理·帕克

文／（台湾）胡淑雯

一

晚上七点半，查理站在路边，扒着一口冷掉的晚餐。碗里的稀饭早已结块，查理往饭碗里注入热水，搅拌几下，将马路的废气一并拌了进来，勉强再扒上一口。

查理胃疼，吃了药依旧隐隐作痛。所有认识查理的人都说："你这人太拼、太严、太紧了。"查理听劝，规定自己好好嚼完一口饭，再以舒缓的节奏慢慢行走，去牵廖桑的车。

开两年的公车，再去车行当学徒，改开计程车，自 1969 年开到 1993 年女儿入学为止。长年的司机生涯，为他换来痔疮、胃疾、十二指肠溃疡，收入一年少过一年。自知计程车这行走不远了，转行在餐厅门口替人泊车，直到今天，竟也过了十几年。

查理的胃疾时好时坏，最糟的几次竟还昏倒在地。上一个夏季苦热异常，送他一身的皮肤病，像只受虐的流浪犬。冬天过了春天又来了，皮肤依旧病着。但他艰苦卓绝，不抱怨。命很硬，背很硬，就连睡觉都很硬，不睡弹簧床只睡木板。只是最近，好像怎么睡都觉得骨头疼。愈睡愈感伤，觉得自己老了。

这几年，为了适应"全球化"发展，查理也学起英文来了。"崔 se 啊，您好，"查理接通手机，"是，我是 pa 车的查理，您要现在那 ca？还是要我把 ki 送过去？"

se 是先生，pa 是泊车，ca 是汽车，ki 是钥匙。查理以自创的密码换算单词："卡（闽南语）是车，起（闽南语）是钥匙。"pa 就不必自学了，他已经 pa 了快二十年的车。

崔先生赶时间，命查理将车与钥匙送去招待所。查理放下晚餐，耐着脚底的酸楚、胃囊的垂坠感，跑了几百步，将崔先生的 BMW 开回招待所，把钥匙交给保安，换来两百块。这两百块，是查理"泊车代管"的一次所得。所谓一次，可以是一餐饭的时间，也可以是一整天。而"代管"的工作包括：确保车子不被拖吊、不被开单、不被剐蹭，可见查理的工作除了找位、卡位、抢位子，在种种车辆之间跑腿穿梭，还必须躲避警察，与拖吊车赛跑，否则每一笔罚款，都归查理埋单。

"上个月吃了五张红单，这一次我决不让步！"他汗流浃背、肌肉贲张，连牙龈都是绷紧的，像一只卖命的、生锈的铁锤。

二

查理·帕克这名字是女儿给取的。Charlie Parker 是一个非常传奇的爵士乐手，而 parker 有泊车员的意思，"你这样自我介绍，那些外国人一定会记得你，找你停车。喜欢查理·帕克的人，给起小费一定很大方。"

查理停好一辆车，在纸条上写下车号，与车主的代号，标上自创的"方位密码"，再将纸条别在钥匙圈上。春风绕过街角，扫上骑楼，查理捡起废纸，在一个磨损的纸箱中塞入纸盒、海报、宣传单。那个半盲的阿婆自会出现，摸进纸箱，搬走属于她的破烂。查理与阿婆默契十足。查理为拾荒人奉献的几滴汗水，像是在证明：时间虽然可以将人磨损，却绝对无法把人碾碎。

在街头谋生，最怕惹人讨厌。查理总要尽力做个好人，扫地，捡垃圾，指挥交通，清理水沟。大家都说他心地善良爱管闲事，可以竞选里长。

十年前，查理五十出头，被一家餐厅裁了，慌得像一只狂犬。债款、贷款、父亲的医药费、女儿的学费、补习费……奔走三个多月，找不到工作，花钱弄假学历，还保守得可笑，只敢从小学升级到初中毕业。连英文字母都认不全，怎能顶着高中学历去找工作呢？更别说大学了，大学是他女儿的事。查理此生最骄傲的一件事，就是，让大学变成他女儿的事。他要她跨过他头顶的那条界限，进入世界另一边——离开收小费的这边，进入给小费的那边。

他能依靠的终究只有自己，靠自己不懈地守在路边，观察街车的动向，进行绵密而耗时的田野调查。只要发现任何一辆车绕行超过两圈，他就勇敢地扑上去，逮住时机，拍拍对方的车门，礼貌地介绍自己："找不到车位吗？我可以为您服务。"

一旦选定阵地，当街就立在招牌下，"代客泊车"，像苍蝇守住被人扔弃的凤梨，怎么赶也不走。热了就去附近的精品店，在门口站站，让电动门打开，借一点免费的清凉。

餐厅出面干预，立下规矩：接客可以，以本店的食客优先。薪水没有，小费自议，但是不可以跟客人讨价还价。查理欣然接受，在盛夏的正午开工，在那连野草都被烤得痛苦呻吟的时刻，顶起一片炙热的晴空，上车，下车，快跑，奔走。让内裤湿透，让它快乐地冒烟，化为蒸笼里一块心甘情愿的纱布。

我出生那一年，查理已经三十好几，紧张得发抖，在赶赴医院的途中，将计程车驶进水沟，那时他还没当过爸爸，我也还没有名字。而今，查理与我落在一座城市的两端，一个拼命为对方赚钱，痛苦地嚼着怎么也嚼不烂的英文；另一个住在同学家，出入昂贵的餐厅，读着英文的菜单。

中下阶层之父母成功的一刻，正是与子女"阶级分裂"的时刻：成为不同阶级的人，使用不同的语言，听不一样的歌。查理以一种享受的心情，反复讲述某个车主告诉他的"向上流动"。据说，"台湾的工人家庭，父母肯拼又不出意外的话，小孩也聪明考上公立大学的话，第二或第三代就有希望翻身，变成白领。"这话说来并不科学，但是我爸查理深信不疑，因为这句话给了他无穷的希望，无穷的生存意义。

三

我爸查理丝毫不近女色，反对逸乐，鄙视慵懒，看不起任何不劳而获的事。

"我买给你的那瓶润肤油，你有没有擦啊？"我看着父亲蔓延至下巴的皮肤病，"那瓶很贵、很有效，你不要浪费哦。"

"我擦凡士林就好。"他说。

那瓶"润肤油"其实是 Kiehl's 的保湿霜，据说，那些嗜读《纽约时报》的文化精英都很喜欢这个品牌。只不过，这瓶昂贵的保湿霜，与所有的父亲节礼物一样，埋在角落积灰尘。就像去年，他抱怨脚疼，我买一双 New Balance，他不肯穿，直到我说克林顿也穿这个牌子，他才勉强试穿一天。当了一日的"美国总统"，隔日又把鞋子扔到一边，照旧套上那双夜市牌塑料皮鞋。

上个月，查理破天荒请人代班，参加婚礼。查理的长兄嫁女儿，新郎是个英国人。我记得自己一进会场就笑开了，真是"台"呀，台到最高点。

婚礼由餐厅的领班主持，一个油头粉面的矮个子，上台讲了几句祝福的话，节目就开始了。所谓的节目就是：卡拉 OK 来宾轮唱，以及主持人串场的低俗笑话。

"有没有哪一位来宾想要先来？"主持人机械化地张望着，等一等，很有经验地说，"大家都很客气，那就由小弟我先来，为大家献唱一首，午、夜、香、吻！"

菜都上了，酒也喝了，主持人已尽责地唱了三首歌，讲了两个笑话。屏东来的新娘表舅，板桥来的二姨，以及两个叫不出名字的亲戚，也都已经上台表演过了。新娘的爸爸醉得摇摇摆摆上了台，为心爱的女儿献唱一首，余天的《你是我的性命》：

我要甘愿献给你，宝贵的性命。

因为我太爱你，爱你如生命。

你的迷人笑容，你的迷人模样（唱到这句，新娘的爸爸开始哽咽）……

唱完这一段，进入间奏，新娘的爸爸擦干眼泪，深呼吸，但并不打算就此罢休。

我坐在台下第二桌，被大伯喜剧性的"自我感动"惹得笑岔了气，全身抖个不停，抖在止不住的哑笑里。我知道自己太失态太失礼了，以余光偷窥父亲，怕他生我的气，却发现他正在掉泪，不带一丝窃笑、一丝荒谬，没有讥讽、没有欢乐，只有纯然的感伤。

众人嘻嘻哈哈，就查理一人不言不笑，低下头，拉起抹布般油腻的一截桌布，用力擦抹自己的脸。

第七天

文/余 华

一

我来到人世间的途径匪夷所思，不是在医院的产房里，也不是在家里，而是在火车的厕所里。

41年前，我的生母怀胎九月坐上火车，我是她第三个孩子，她前往老家探望我那病危的外婆。火车行驶了十多个小时慢慢进站的时候，她感到腹部丝丝疼痛，她没有意识到肚子里的我已经急不可耐，因为距离我正确的出生时间还有二十多天，因此她觉得自己只是需要去趟厕所。

当她进入厕所里，火车缓缓启动了。那时的火车十分简陋，上厕所是要蹲着的，一个宽敞的圆洞可以看见下面闪闪而过的一排排铁路枕木。她没有办法蹲下去，只好双腿跪在地上，脱下裤子以后，刚刚一使劲，我就脱颖而出，从厕所的圆洞滑了出去，前行的火车瞬间断开了我和生母联结的脐带。

我的生母因为一阵剧痛趴在那里，片刻后她才意识到我已经从那个圆洞掉了出去。她艰难地支撑起来，打开厕所的门，对着外面哭叫："我的孩子，我的孩子……"随即晕倒了。火车继续高速前进。

此时，年轻的扳道工杨金彪听到了我脆弱的哭声，沿着铁轨走过来。

就这样，我有了一个父亲。

这位 21 岁的年轻人，不知所措地看着浑身紫红啼哭不止的我。随着我的啼哭越来越微弱，他意识到我正在饥饿之中。那时候已是深夜，所有商店都已关门，那个夜晚没有奶粉了。焦急之下他想起同事郝强生的妻子三天前生下一个女孩，他用自己的棉袄裹住我，向着郝强生的家奔跑过去。

郝强生在睡梦里被敲门声惊醒，开门后听到他焦虑地说："奶、奶、奶……"

迷迷糊糊的郝强生一边揉着眼睛一边问："什么奶？"

他打开棉袄让郝强生看到呜呜啼哭的我，郝强生吓了一跳，他接过我，一脸惊讶地走进里面的房间，对妻子李月珍说了一句"是杨金彪的"。李月珍把我抱到怀中，拉起上衣后，我就安静下来，吮吸起了来自人世间最初的奶水。

我父亲擦着脸上的汗水，详细讲述了发现我的经过。郝强生明白过来，说他刚才吓蒙了，因为我父亲连女朋友也没有，怎么突然冒出一个孩子来？我父亲像个傻子那样嘿嘿笑了几声。

当我吃饱喝足呼呼睡去后，李月珍给我穿上她女儿的一套婴儿衣服，又拿了一沓柔软的旧布走到外面的屋子，指导我父亲如何给我更换尿布。

二

很长一段时间里，我父亲杨金彪固执地认为亲生父母把我遗弃在铁轨上是想让我被车轮碾死，为此他常常自言自语："天底下还有这么狠心的父母。"

这个固执的想法让他格外疼爱我。自从我来到他的怀抱以后，就和他形影不离。起初，我在他胸口的布兜里成长，第一个布兜是李月珍缝制的，蓝色的；后来的布兜是他自己缝制，也是蓝色的。他每天出门上班时，先将奶粉冲泡后倒入奶瓶，将奶瓶塞进胸口的衣服，让自己的体温为奶瓶保温。然后将我放进胸前的布兜，肩上斜挎一只军用水壶，身后背着两个包裹，一个包裹里面塞满干净的尿布，另一个包裹用来装脏尿布。

他在铁道岔口扳道时走来走去，我在他的胸前摇摇晃晃，这是人世间最美好的摇篮。当我醒来哇哇一哭，他知道我饿了，就会伸手摸出奶瓶，塞进我的嘴巴，我是在吮吸奶瓶和父亲的体温里一天天地成长起来的。后来我饿醒后不再哇哇哭叫，而是伸手去摸他胸前的奶瓶，这个动作让他惊喜不已，他跑去告诉郝强生和李月珍，说我是天底下最聪明的孩子。

我父亲与我的成长默契配合，他知道我什么时候是饿了，什么时候是渴了。我渴了，他就会打开水壶喝上一口，然后嘴对嘴慢慢地将水流到我这里。他向李月珍声称，他能够分辨出我饥饿声音和口渴声音之间的细微区别。李月珍将信将疑，她只能按照时间来判断自己女儿的饥饿和口渴。

他在铁路上行走时，闻到胸前发出一阵臭味，知道应该给我换尿布了。他就在铁轨旁边蹲下来，把我放在地上，用草纸擦干净我的屁股，给我系上干净的尿布。再用泥土简单清理掉脏尿布上的屎尿，折叠后将

它们放进另一个包裹。下班回到家中，把我放到床上后，就用肥皂和自来水清洗脏尿布。

稍微长大一些，我就在父亲背上继续成长。父亲胸前的布兜变成了背后的布兜，背后的布兜也在慢慢长大。

我父亲心灵手巧，他学会自己裁缝衣服和织毛衣。他背着我一边行走在铁路上一边织着我的小毛衣，手指动作已经熟练到不需要眼睛去看。

我学会自己走路以后，我们手拉手了。周末的时候父亲带我去公园游玩，在公园里父亲会安心放开我的手，跟随着我到处乱跑。我和父亲心有灵犀，我们两个走在公园的小路上时，只要父亲的手向我一伸，我不用看就感受到了，我的小手立刻递给他。

我们的家是距离铁轨二十多米的一间小屋，回到小屋后，父亲就会十分警惕，他在屋子里做饭时，我想在屋外玩，他就用一根绳子连接我们两个，一头系在他脚上，另一头系在我脚上。每当我看见火车驶来忍不住向前走去时，就会听到父亲在屋子里警告地喊叫："杨飞，回来！"

三

我的童年像笑声一样快乐，我一点儿也不知道自己正在毁坏父亲的人生。他没有女朋友，婚姻遥不可及。郝强生夫妇给他介绍过几个对象，那几个姑娘第一次见到他时，他不是在给我换尿布就是在织毛衣，这样的情景让她们微笑一会儿后转身离去。

我四岁的时候，一位比我父亲大三岁的长辫姑娘出现了，她没有看见换尿布和织毛衣的情景，看到了一个模样还算可爱的男孩，她伸手抚摸了我的头发和脸，还把我抱起来，让我坐在她的腿上。这些动作，让我父亲心慌意乱地看见了一丝婚姻的曙光。

他们开始约会，而我被送到郝强生和李月珍家中。他们的约会是在天黑之后沿着铁路慢慢走过去，再慢慢走回来。起初的约会很短，沿着铁路走上一两个来回就结束，然后父亲来到郝强生家中把我接回去。后来会走上五六个来回，有时会走到凌晨时分。

这样的状况持续了两个月左右，他们正式恋爱了，而且是热恋。

这期间，我一直缺席。这是李月珍的意见，她认为我应该水到渠成般出现。李月珍相信，只要这位姑娘真正爱上我父亲以后，就会自然地接受我的存在。

当我父亲和这位姑娘谈婚论嫁的时候，他们必须谈到我了。我父亲开始向她详细讲述我，他讲到我的时候是一个幸福的父亲，一个骄傲的父亲。他从来没有那么长时间说过话，当他滔滔不绝地讲了一个多小时以后，姑娘冷静地说："你不该收养这个孩子，应该把他送到孤儿院。"

我父亲一下子傻了，脸上洋溢的幸福神色顷刻间变成呆滞的忧伤表情。那时他已经深爱这位姑娘了，当然他也爱着我，这是两种不同的爱，他需要在这之间选择一个放弃一个。

那些日子，父亲似乎更疼爱我了。我那时走路已经很熟练，可是一出门父亲就要把我抱在怀中，还时常将自己的脸贴在我的脸上。一贯节俭的他每天都会给我买上两颗糖果，一颗他剥开糖纸后塞进我的嘴里，另一颗放进我的衣服口袋。

四

当他在情感上与我难舍难分的时候，他在心里与我渐行渐远。年仅25岁的父亲无论是心理上还是生理上，都需要有女人的生活。

有一天早晨，我在睡梦里醒来，看到父亲坐在床头，他俯下身来轻声说："杨飞，我们去坐火车。"

那是我第一次坐火车。中午，父亲抱起我在一个小城下了火车。我们在一家小店里吃了面条，父亲给我要了一碗肉丝面。然后父亲让我坐着，他走到街道上向人打听孤儿院在什么地方。

他抱着我走了很长的路，来到一座石板桥旁。他听到桥对面的一幢房子里传来孩子们的歌声，以为那是一家孤儿院，其实那里是幼儿园。

我父亲朝四周看了一下，看到桥旁有一片小树林，树林的草丛里有几块石头，最大一块石头是青色的，上面很平坦。他的双手在上面擦了一会儿，将石头擦得发亮之后，把我放在上面，又从口袋里摸出一把糖果和很多饼干，将我四个口袋都塞满了。然后父亲取下他背着的军用水壶，挂在我的脖子上。他站在我面前，眼睛看着草丛说："我走了。"

我说："好吧。"

我父亲转身走去，不敢回头看我，一直走到拐弯处，实在忍不住了，回头看了我一眼，看到坐在石头上的我快乐地摇晃着两条小腿。

父亲回到我们的城市时已是晚上。他下了火车后直接来到那位姑娘家中，把她叫出来。来到一个僻静的地方，他站住脚，低头讲述自己这一天做了什么。姑娘大吃一惊，然后意识到他这样做是出于对她的爱，她紧紧抱住他，热烈亲吻他。他们急不可耐地商定，明天就去办理登记结婚的手续。激情过去之后，我父亲说他累了，回到铁路旁的小屋里。

　　这个晚上他通宵失眠，他开始担惊受怕，他不知道此时此刻我在哪里，不知道孤儿院的人是否发现了我。如果没有发现我，我可能仍然坐在那块石头上，可能有一条凶狠的狗在夜色里逼近了我……

第二天，我父亲忧心忡忡地和那位姑娘一起走向婚姻登记处。走到一半时父亲说他很累，坐在人行道旁，双手放在膝盖上，随后他的头埋在手臂里呜呜地哭了。那位姑娘措手不及，呆呆地站在那里。我父亲哭了一会儿后猛地站起来，他说："我要回去，我要回去找杨飞。"

五

我不知道父亲曾经遗弃过我，所有情景都是他后来告诉我的，然后我在记忆深处寻找到点点滴滴。我记得自己整整一个下午都坐在石头上吃着饼干和糖果，幼儿园的孩子们放学从我面前经过时都羡慕不已。后来天黑了，我听到不远处的狗吠，开始感到害怕，就从石头上爬下来，躲在石头后面，仍然害怕，我把掉落在草丛上的树叶一片片捡过来，盖在自己身上，把头也盖住，才觉得安全。我在树叶的掩护下睡着了。早晨的时候，我从叶缝里看见太阳出来了，就重新爬到石头上等待父亲。我没有糖果也没有饼干了，只有水壶里还有一些水，后来水也没有了。我又饿又渴又累，从石头上爬下来，再次用树叶从头到脚盖住自己，然后睡着了。

我父亲下了火车后一路奔跑过来，他在石头的不远处站住脚，丧魂落魄地四下张望，就在他焦急万分之时，听到我在石头后面发出睡梦里的声音："爸爸怎么还不来接我呀？"

父亲后来告诉我，当他看到我把树叶当成被子时先是笑了，随即哭了。他揭开树叶把我从草丛里抱起来时，我醒来了，见到父亲高兴地叫着："爸爸你来了，爸爸你终于来了。"

父亲的人生回到了我的轨道上。他从此拒绝婚姻，心无杂念养育我成长，我是他的一切。而那位长辫姑娘，三年后嫁给了一位比她大十多岁的解放军连长，去了遥远的北方。

儿子一样的父亲

文／毛甲申

他冲着父亲喊，傻——硬硬收住"傻"后面的那个"子"，依然有点儿尾音，父亲重复他的话：傻子！坐在椅子上傻乐，他的眼泪忽然落下来。相似的场景，隔了几十年的光景，那次他做数学题做错了，父亲骂他傻，他哭了。

这次他说父亲傻，还是他哭了。他闷坐在客厅里检讨自己，自父亲病后，他一直对父亲有种恨铁不成钢的感觉，最近，这念头愈发强烈。强烈的原因，是父亲的状况在下滑，越来越痴呆了，他觉着父亲还不算老，离 70 岁还差几年呢。

父亲是突然被医生诊断为老年痴呆症的，此前，父亲常常一拍脑袋说自个儿老糊涂了，一句话说了上半句，忘了下半句。遇见老同事，叫不上别人的名字。去买早点，要么忘了提早点，要么提了早点忘了给钱。出门遛狗，转了一圈又回家，忘记牵狗了。直到有一天，他上街忘了回来，若无其事地在街上走过来走过去……

医生并没有灵丹妙药，不过，建议持续训导，延缓症状的蔓延。

他和父母的住处隔着一条街，这个距离父亲很满意，觉得每次见面都挺新鲜。父亲退休时，他陪父亲喝酒，父亲喝多了，柔情地说："从今往后，我就开始享受生活了。你不一样，你得当爹，混名混利。不过，我觉得可以等着你退休，那时都轻松啦，有可能我老得走不动了，你就把我牵着到处转，那时我可能再也不老奸巨猾了，换成你啦。"

老奸巨猾这话，是有一次他跟父亲拌嘴时说的，把父亲乐坏了，直夸他看清了本质。父亲退休之前是个会计，和算盘打了半辈子交道，虽说后来有了计算器，但他依然相信算盘。有一回他开玩笑说父亲的悼词一句话就够了，这个人一生都在精打细算。父亲满意，不过父亲说，悼词可以长一点，比如，他是他们村第一个吃上商品粮、娶上城里媳妇的，一表人才，按现在流行的话来说，帅呆了……获得奖状奖杯52次，高级会计师……他笑，父亲也笑。

母亲安顿好父亲出来说："莫要太操心你爸，他这是返老还童了，他不威风八面了，退一步，把他当儿子看！这样子，会不会好点儿？"

他笑说："把爸当儿子？"母亲点头，又说："先前印的好人卡用完了。"他说："明天我再印些回来。"

好人卡是专门为父亲印的，印有父亲的名字、他的名字和电话，怕父亲找不着家。很多时候，父亲都将卡片扔了。

他不认为父亲就这么废了，他希望父亲像别人的父亲那样，打麻将、养花或者钓鱼，正是含饴弄孙的好时候，但他无力阻止。周末，他们一家三口来陪父亲，父亲想不起孙子的名字，到了晚上拉着孙子的手说："你怎么还不回家？你爸妈要急坏的！"

慢慢地，父亲不肯出门了，坐在沙发上，一坐就是半天，谁也不知道他在想什么，抑或什么也没想。能吸引父亲注意力的只有母亲，只要她出门，父亲便站起来，拉住她的袖子。

有一天，父亲忽然说：羊山。那是父亲的老家，自祖父祖母去世之后，已经多年没回去了。他问父亲是不是要回羊山？父亲点头。

他请假带父亲回老家，可父亲又不肯了，怎么劝也没用，单曲回放似的说，没爹没娘了。

他一个人回去，拍了视频照片回来，老家的水井、旧房、核桃树……父亲看着，一个劲儿流眼泪，直到看到一个老头子，才说了一句："他屋后头的樱桃，甜。"

　　这个意外的发现，让他来神，他再一次回老家，请这位老人来城里陪父亲。老人来了，带来了乡音，父亲的一些记忆像被激活了。他们手拉手，说了一句话，接着又说一句。乡音像是一味药。

　　他说："爸，我是谁啊？"父亲看看他说："爸，我是谁啊？"他说："你从哪里来？"父亲说："你从哪里来？"他又说："要到哪里去？"父亲说："要到哪里去？"

　　这不是哲学问题，而是，父亲又开始学说话了，很动听。

天上掉下个老太婆

文／紫苏水袖

一

那一天，是我人生中最黑暗的一天，我开面包车撞上了一个老太婆。因为颅内充血，在重症监护室待了 10 天，等她转到普通病房时，我已花光了所有的钱。

那一年我 26 岁，女朋友刚刚提出分手，理由是看不到未来。

面包车是我借钱买来跑运输的，为了省钱，只买了"交强险"。看着躺在病床上那张皱巴巴的老脸，我真希望这只是一场噩梦。

等老太婆稍清醒，才发现她说不出话，也好像不识字，这就意味着没有办法找到她的家属。

她唯一能指望的，竟是我这

个肇事司机。

警察来做了笔录，收走了我的驾驶证和行车证。他们警告我说，如果你跑了，罪加一等，好好照顾她吧，直到她找到亲人。

而赔偿事宜，也只能等找到她的亲人再说。

我陷进一个泥潭，进退不得，而面包车还扔在交警的事故处理大队，放一天，就是浪费一天的钱。

二

她六十来岁，我叫她姨，给她一张白纸，让她尽量画点有用的信息，比如她住的地方的标志性建筑，或者亲人的电话号码。

但这招不灵，她虽然醒了，但脑子好像还迷糊着，只有吃的送来时，她才能有点儿活气。

我很绝望，不知自己还要陷在这里多久。当然，就算她的亲人来了，对我来说也不是好消息，他们势必会揪住我，把我弄个倾家荡产。

那样反而会好些，因为我已经倾家荡产了。现在盼望的，不过是个速战速决。

我在医院漆黑的走廊里坐了一夜，想了一夜。

我想豁出去了，既然没人认领这老太婆，那我把她偷偷带走，随便丢在哪儿，可能也没人追究。老太婆失踪这么多天，她家人也毫无反应，可见她也是个苦命人，和我一样。

既然我们都这么苦，何必要硬撑着去成全什么道德？

我试图上前搬动老太婆，她发出一声呓语。

我听清了，她说，疼。

我不相信地问她，你现在能说话了？

老太婆怔了好一会儿，才点点头。她苍老的嗓音，又哑又涩。她说，好人，你是好人。这么多天，你都没跑。

我想笑出来，警察没收了我的证件，我敢跑哪去？

可老太婆一恢复语言能力就急于表达感激，不停地说，好人，好人。

我问，你家在哪里？我送你回去。

老太婆说，我没家。

在这个寒冷的清晨，我做了一个决定，如果命运一定要为难我，那就尽管为难吧，反正我已没有什么可以失去。我对老太婆坦白说，我没钱给你缴住院费了，怎么办？

老太婆立刻发挥了穷人天然的智慧和韧性，淡然地说，那就赖到他们赶咱出去的那天。

她说的是"咱"，而不是"我"，显然，她把我当成自己人了。

三

女朋友已经搬走，我租的房子也到期了，我干脆住到了医院。

白天，我和老太婆面面相觑，搜索些话来聊。但老太婆的记忆力实在是差，问起她的老家及过去，她一概不知，只知道自己姓周，靠捡废品为生。我的话比较多，会说起自己心酸的爱情，以及悲苦的前半生。

到吃饭的时候，我便和她商讨怎样买饭才分量多又划得来，这时候她通常会指挥我，晚点儿去，多要汤。

尽管这样，我的钱还是越用越少，到了捉襟见肘的地步。

这天我对老太婆说，你能不能对交警说，我们私下已经解决好了，让他们把证件和面包车还给我？这样我才能拉活挣钱，给你缴住院费。

老太婆正喝粥，听到这话，赶紧点头说，好，你是好人，我相信你。

她的眼神，带着巴巴的讨好的意味。

终于，我的证件和面包车都拿了回来。我没有回医院，而是找了个二手市场，把车卖了。

然后，我去了火车站，想买一张去咸阳的车票。我有个远房亲戚在那开纱厂，也许我能找个活干干。

可我脑子里不停地跳出老太婆巴巴的讨好的眼神。

她还不能下床走路，因为欠钱，医院已给她停药了。每天夜里，她的呻吟都极力压得低低的，好像生怕人听见。

我拿着票，在车站坐了四个小时。

当广播通知去咸阳的旅客登车时，我根本挪不了步。老太婆说得对，我是个好人，不管当好人有没有用，我就是想做一个好人。

回到医院，老太婆却不见了，问周围的人都说没看见。

我疯了一般在整个医院搜索，徒劳地呼喊，周姨！周姨！

这时有病友才奇怪地问，原来你不是她儿子啊？啧啧，真了不起！

病友的赞叹是真诚的，老太婆住院半个多月，我就一步不离。如果不是亲儿子，谁会这么尽心？

终于，在医院黑暗的开水房里，我找到了她，她缩在锅炉后面。

她可怜巴巴地问：你怎么回来了？你不是躲出去了吗？我也想趁没

人偷跑出去，这样医院就找不着咱们了，是吧？

天真的老太婆，她以为我一定是躲在哪个地方等着和她会合。

我把她背起来，一边往病房走，一边说，不躲了，咱有钱。

四

老太婆终于可以出院了。结清医院欠款后，我卖车的 3 万块就只剩下 4000。我俩站在医院门口，望着熙熙攘攘的车流发呆。

老太婆忽然问我，你会做馒头吗？

我摇头。老太婆又说，我会，我教你。她说：我做得一手好面食，要是有本钱，早就开早餐店了。

这一天，我的人生有了一个新的转折，但老太婆说，其实这个转折也是她的，她这辈子的终极愿望就是弄一辆餐车，每天早上卖馒头。

你真是个好人。这话她常对我说，想起来就说。不管我是在揉面、添煤，还是在灯下数钱。

我问她，你不也是好人吗？被我撞了也没讹我，你要讹我，我只好跳楼去。老太婆便捂着嘴，呵呵地笑。

我重新在这个城市站稳了脚跟。老太婆没吹牛，她做的面食真的很好。两年后，我们的早餐车变成了早餐店。

没人知道我们其实不是母子，甚至有人说，你们娘儿俩，长得可真像。

生意虽然是我拿的本钱，可出力最多的还是她，她每天天不亮就起来，一直忙到打烊。

为教会我做馒头，我甚至挨过她的打。面揉得不好，她一巴掌就拍下来，说：你不好好学，将来我死了，你怎么办？

我 5 岁就失去双亲，从没尝过被人教育的滋味。这感觉，真好。

当然，我也没想过她会死，虽然她已经六十多岁了。但我觉得一个被车撞得进了重症监护室还能活下来的老太婆，是永远都不会死的。

可就在一年半后，她生病了，肺炎。在医院，她紧紧抓着我的手，说，有个事我要告诉你。

她说，当时我是故意去撞你的车的，因为我想买一辆早餐车，钱不够，是我这死老婆子对不住你啊。

她喘着粗气，万分费力地说完这番话时，我只看到她的脸都灰了。我在这一刻嗅到了死亡的味道，忍不住全身颤抖。

她伸手来摸我的脸，说：别哭，我不是个好人，为我哭不值得。

她不知道的是，关于"碰瓷"这事，我早就知道了。就在她出院不久，我接到交警队的电话，说根据监控录像，老太婆有"碰瓷"的嫌疑，问我要不要提出申诉。

我拒绝了，我也不知道自己为什么要拒绝。

几个月的相处，我只看到了她的无助和善良——为了不让医生开贵的药，她每次都谎报病情，明明很疼也会说不疼了。

她在三天后去世，当我整理她的遗物时，发现一张存折，有四万块钱。早餐店的收益，我俩一人一半，每次结账，她都赶紧藏起来，像一只藏起食物的猫。

还有一张字条，开头便写着我的名字，上面说，等我死了，这钱留给你娶媳妇。

她不识字，不知是托谁写的。

她一直说自己不是个好人，甚至承受不起我的眼泪。可她却把最后的信任、寄托以及最后的一点儿钱，都留给了我。我从小没得到过母爱，可她老是让我产生错觉，想起一个词：妈妈。

水表圣诞树

文／黄昉苨

当生活从乡间转移到公寓楼中，人情温暖似乎常常被困在每家严实的防盗门背后，但却也有一些不经意的瞬间，它热腾腾地从邻里的日常问候间冒出来。

最初，邻居们的爱心是通过两个袋子传递到小博宇家的，袋子挂在家门口的水表上，一个装着蔬菜，另一个装着肉。

外婆李泽芳还记得"奇迹发生"的那天，早上一出门，她就看到这两袋东西，到晚上 7 点，也不见有人来取。她敲开邻舍的门，左问右问，大家都纷纷摇头。

后来她意识到，水表上的东西是有人专门给自己送来的。

那时候，小孙孙还在襁褓中，家人一觉醒来，水表上往往挂着奶粉或是婴孩的小衣服，等小博宇上了幼儿园，小书包、文具就不断出现在水表上。这两年，博宇上了小学，他已经能自己蹦蹦跳跳地打开门，从门口那个比圣诞树还神奇的水表上，取下文具盒、练习本或是蛋糕、牛奶。

妈妈双眼失明，小博宇在 4 岁时被查出双足马蹄脚外翻，爸爸呢，早在小博宇出生 40 天时，就在协议离婚后出走了。

"小孙孙就是靠着水表上的爱心一点点长大的。"靠养老金与低保度日的外婆心里有数。

如今，要是光看媒体上每天充斥的新闻，人们很容易说出"不敢再做好人了"这样的话语。坏新闻总是更容易吸引目光。还好，9年来，在重庆"山水丽都"小区里，小博宇家门口的水表没有受到这些事儿的影响。

尽管它从崭新闪亮变得锈迹斑斑，可来自邻居们的爱心，就像一束束涓涓细流，涌出各家门户，依旧聚集在这水表身上。

母亲失明，外婆年老体弱，这个贴心的水表好像连这些都能考虑到似的，每周总有那么几天，小博宇打开包装袋，里面是已经做好的炒菜。

"我们承认帮过娃儿的，具体送了啥子，哪个天天去记这些嘛，那活起来好累。"被媒体逼急了，邻居也会含糊招认。

但是，没有人对李泽芳承认他们送过东西。有一回，她撞见过邻居周贤德在往水表上挂一袋水果，哪知对方瞄见她，招呼也不打逃也似的走了。之后见面了再问起，周大姐就跟失忆似的不记得有这回事。

自然自发地，那些用水表传递心意的人们，小心翼翼地维护着这一家人的尊严。

"如果不说姓名，别个的心头就少记点事，压力就小点，而且本来就是举手之劳。"一个中年男子对前来寻访的记者说。

这棵"水表圣诞树"送来的物件，已经在李泽芳家堆了一屋。每隔一段时间，她会把这些年收到的物件摊到阳台上，好好晒晒，没有一样舍得扔。

第一个在小博宇家的水表上挂上菜肉的邻居，不会想到日后这孩子会被诊断为双足马蹄脚外翻，那母亲将失明。他恐怕也不会想到，自己最初的一个善举，到最后都改变了什么。

"我家能过到今天，全靠左右邻居扶持。"多年后，外婆认真地对媒体说。

爱心并不是僵硬而孤立的，它随着传递而成长，润物无声地浸入我们生活的点点空隙，改变它的面貌。

就像小博宇家的水表那样。

小博宇已经从不晓事的婴儿长成了一个小男孩。在这众多邻居忙着否认他们曾经帮过小博宇的时候，小区盲人按摩店的师傅熊先生却有着一段略微不同的记忆。

"我才来这个小区的时候，很多不方便。"熊先生说，但是有一天，他碰上了一个"救星"。

如你所想，那就是小博宇，他主动提出领熊师傅去买菜。现在，熊家的饭菜，都是李泽芳和小博宇帮着买的。

几乎想不出比这更像童话的结局了：最初系在水表上的那份爱心，在整个社区里经过多年孕育，终究结出了芬芳的果实。

这，大概就是为什么，总有一些举手可行的善事，值得我们为之一试。

金项链

文／邵火焰

　　母亲和李姨是同一年同一天嫁到我们村的。我家和李姨家是邻居，听母亲说，那天可热闹了，两抬花轿是同一时间进村的，接着在鞭炮欢快喜庆的炸响声中，两抬花轿同时停在了各自的大门前，母亲和李姨同时走出了花轿，她们似乎有某种默契，都没有蒙红盖头，她们想的是都新社会了不时兴那套。母亲和李姨互相对望了一眼，然后都羞涩地低头笑了。后来母亲和李姨就有了很多共同的语言，她俩成了最好的朋友。

　　母亲和李姨聊得最起劲的话题是项链。

　　母亲和李姨都说，做一场女人，如果没戴过金项链，将是一生中最大的遗憾。父亲和李姨的男人周叔都觉得女人的这个想法并不过分，可惜没有办法满足她们的愿望，因为那年月想要一条金项链无异于是白日做梦，但母亲和李姨一直在做着这个梦。

　　有一年春节时，母亲和李姨终于戴上了项链，当然不是金的，是白色的珠子穿成的。那是她们在一起上街时，在地摊上买的。她们戴好后，先是各自在镜子前转着圈反复地看，然后互相对看。可是有一天，母亲的项链断了，那些珠子滚到草丛中，母亲伤心得哭了。父亲说，一条假项链有什么好哭的？母亲说，可它也花了我两元钱啊。看到母亲的项链丢了，李姨也没再戴了。

　　母亲生下了我，李姨生下了小娟后，母亲和李姨很少再说项链的事了，但隔不了一段时间，还是爱提起。有一次母亲和李姨去了一趟城里，当看到城里女人脖子上金光闪闪的项链时，她俩的眼睛都直了。回来后，母亲和李姨就有了一个共同的愿望：今生一定要戴上一条金项链。

后来农村分田到户了，母亲和李姨勤干苦做，几年后积攒了一些钱，准备去买项链。可是，这时村里已经有很多人家开始新盖红砖瓦房，父亲和周叔也都想盖新房，母亲和李姨当然知道孰轻孰重，她们把钱都拿了出来。在母亲把钱交到父亲手上时，父亲说，孩儿他娘，等过几年日子好过了，我一定给你买一条金项链。母亲孩子似的笑了。

可是，父亲的这个诺言一直没办法兑现，倒不是父亲忘记了当初所说的话，而是随着我的长大，读书、上大学，要用钱的地方太多。李姨家的情况比我家好不了多少，小娟读到高一时生了一场病，治病花了很多钱，病好后没再读书，到武汉打工去了，去年出了嫁。

母亲和李姨在一起时，说的都是柴米油盐的事，偶尔才会提起她们心中的那个"梦"。

今年，我大学毕业参加了工作。领到第一份工资后，第一个行动就是给母亲买了一条黄金项链。晚上回家，当我拿出项链给母亲戴在脖子上时，母亲哭了。母亲戴着项链在镜子前站了快半个小时。那天晚上母亲睡觉时就那样戴着它。

第二天，我叫母亲戴上去李姨家，给李姨看看漂不漂亮。我满以为母亲会极兴奋地送给李姨看看，可是母亲叹了一口气后却摘下了项链，并叮嘱我和父亲，不要在外面说她有了项链的事。我疑惑不解，问母亲为什么。母亲说，我和你李姨多年前就想要一条项链，现在我有了，李姨没有，这样会伤害她的心。做人不能只顾自己快乐，而不考虑别人的感受啊。

就这样母亲把项链压在了箱底，一压就是半年。

天有不测风云。我没想到，母亲突然病倒了，到医院一检查，肝癌晚期。在母亲的病床前，我泪流满面。我说，娘，我把那项链拿出来，你每天戴着吧，母亲摇摇头。李姨天天来看母亲，她们谁都没有说项链的话题。十天后，母亲在痛苦的呻吟声中离开了这个世界。

母亲入殓的那天，李姨来了，李姨手里拿着一条金项链说，老姐妹啊，把这项链戴去吧。李姨要动手戴在母亲的脖子上，我拦住了。我从箱底拿出了母亲的那条项链，小心翼翼地戴在了母亲的脖子上。

我们把母亲送上了山。

回来后，李姨到我家看着母亲的遗像失声痛哭。等李姨平静了一些后，我和李姨说起了项链，我问李姨是哪儿来的项链。李姨说，小娟去年就给我买了，可是我没戴，我怕我戴上后，伤了老姐妹的心。我哭着拥抱了李姨，就像拥抱我母亲。

木匠刨师傅

文 / 李宣华

刨师傅来自江西。村尾艄公庙精美的木雕窗花，村头观音桥没用一钉一铆的丹楹刻桷，村后李氏祖厝气势恢宏的碧瓦朱甍，无不让人惊叹他的手艺。以至于时隔 20 多年，由刨师傅巧手建造的木瓦屋早已被钢筋水泥房替代，父辈一代还常常想起他的手艺，想起他的憨笑，想起他在村里修建屋呀仓呀桥呀庙呀时的点点滴滴。

叔公说，刨师傅不姓刨，姓曹，第一次到村里做木工时，才二十出头，做工细，手头快，尤其刨得一手好板花。在老家的客家方言里，刨和曹，音相近，于是大家都叫他刨师傅。他也热情地应。

说来遗憾，村里人至今不知道刨师傅究竟是江西哪里人，甚至他的真名是什么，也没人说得出。叫不出名并不意味着感情不深。刨师傅手艺好，人品好，做事从不偷懒，这就让乡亲们感到足够了，压根儿也没有想过去探究人家的确切名字和住址。那时，做木工活儿，点工计费，起初 2 块钱一天，好多个年头后才升到 8 块一天。那些年代也不像现在一样，有电锯、电刨，一切都是手工，盖幢小木楼少说都要七八个月。随着手头一年年好转，勤快的村里人开始添置谷仓、家具等等，木工活儿做不完。其间，有不少木匠师傅到村里找活干，大家总觉得比不上刨师傅，宁愿推延些时间，也要等着刨师傅。

刨师傅早睡早起，每天天一亮就起床磨斧修锯磨铁刨，然后利索开工。午饭后，稍稍坐着打个盹儿，又开始干活。村里人过意不去，劝他不要那么卖力，只要按乡亲们下地农作的时间出工就可以了。他说，没事，习惯了。有时下了工，乡亲带着坏了的锄头柄、犁耙柄找他，他也总是一忙就到夜深。尽管如此，第二天，他又早早出工了。

我5岁上小学那年，刨师傅正为我家搭盖牛栏。父亲请他为我做个文具盒。他十分乐意地接了活儿，花整整一天为我做了个用抽屉推拉的精巧木盒。年底结算工钱时，无论父亲如何塞，刨师傅也坚决不收这一天的工钱。他说，他不识字，看到娃子上学就羡慕，能为娃子做点事，花点力气，值。那笔盒，我一直用到读初三那年。

有一年夏天，一个中年人急匆匆翻山越岭进村。那是刨师傅的老乡，刚从江西出来，给刨师傅带来消息，刨师傅的女儿在家得了重病，要一大笔钱医治，家人急等他回家。刨师傅抱头号啕大哭。那天，他正给我叔公做事。他找到叔公，说这些家具只做到一半，你能找到合适的师傅就叫合适的师傅做，如果等我，可能要搁置些时日，具体要等多长还说不清楚，所做的二十多天就不要算工钱了，很对不起。消息传遍小村，村民连夜有钱的借钱，没现金的甚至翻箱倒柜拿出家里值钱的银圆、首饰，为刨师傅凑了上千元。

眨眼已是第二年春天。原本刨师傅每年都是过了正月就出来，可他过了三月也还没来。夏天过去了，还没来。心细的叔公给刨师傅放在家里的铁锯，抹了防锈油。次年春天，刨师傅依旧没有出来。有村民说，刨师傅不会来了，把他的工具卖了吧。也有人提议，写封信给他。这时，大家才发现竟不知他的名字和地址。还是叔公有耐心，他劝大家不要门缝里瞧人把人给看扁了，再等等吧。

果真，第三年春天，刨师傅来了，带着因恶性肿瘤截去右肢的6岁宝贝女儿英子。他没有带现金出来还大家。他说，只能慢慢还了，家里欠下的债务不止村里这些。

他继续为叔公做家具，工钱还按两年前的 5 块钱算。英子吃住在叔公家，每天 1 块钱伙食费另付。叔公说，工价已涨到 8 块了，你按 8 块算吧，我们不能让老实人吃亏。为此，刨师傅十分坚决：那时就是 5 块一天，是我给耽搁的事，你没有怪我，我怎么还能多收你钱呢？几番"讨价还价"，刨师傅才勉强同意折中算。

到后一年八月，刨师傅借的钱还清了。出村那一天，村中老少都去送他，送了一道又一道山梁。但时至今日，令我们这些后辈依旧不解的是，既然情谊那么深，为什么不问问人家住址呢？

对此，叔公摇摇头，留下意味深长的一丝遗憾："嗨，那时，一年到头去趟小镇都十分难得，村里没有一个人去过一次县城，更别说远在天边的省城了。人家刨师傅是另外一个省的，离我们应该有十万八千里吧，问了也白问。"

尘世小暖

文／顾晓蕊

　　她是一位 70 多岁的老人，满头银发，佝偻着背，脸上的皱纹刻画出岁月的年轮。我是公司的一名普通职员，每天衣着光鲜地坐在办公室里，重复着冗繁单调的工作。我们来自不同的天地，只因偶然的机缘，让彼此的生命有了交集。

　　那是多年前的一天，我端着茶杯疾步去茶水间，把迎面而来的人撞了个趔趄。她是位年长的清洁工，俯身扫地，额头上渗满细密的汗珠。

　　我正要开口道歉，她反而先问道："姑娘，撞到你了吗？"我笑着摆手说："我走得太快了。"随意聊了几句后，才知道她做清洁工已有些年了，最近刚调到我们楼区负责卫生。

　　不久后的一天，我倚窗而立，见她在楼下打扫落叶。她挥舞着大扫把一下一下地扫着，金黄的落叶映衬着她瘦弱的身影，显得执着而清寂，让我莫名地想起远在家乡的母亲。

　　我整理出一摞旧报纸，然后喊她上楼，说："这些报纸堆在地上挺碍事，你搬走吧，还可以换些零花钱。"她感激地连声道谢。那以后，我经常把一些旧报纸送给她，她见到我会主动微笑打招呼。

　　时间久了，渐渐地知道了她的一些事情。她的爱人曾是公司的职工，因病去世，这对一个原本清贫的家来说是雪上加霜。公司为了照顾他们母子，同意让在乡下务农的她到厂里做清洁工兼看自行车棚，两间值班室成了她的居所。

一晃十余年过去，她的儿子到建筑工地打工，且已娶妻生子。这时，90多岁的老母亲却又瘫痪了。为了多挣些钱给老母亲看病，也为了减轻儿子的负担，原本应安享晚年的她仍在辛苦劳作。

总其大半生，可谓命运多舛，令人慨叹。然而，说起这些时老人却是一脸的平静，她说："在我小的时候，吃不饱穿不暖的，现在的生活很好，很知足了。"

后来有几次，我整理出女儿穿不着的衣服，拿去送给她的小孙女。老人每回都是既欢喜又过意不去，连声说道："谢谢，真是谢谢你了。"

有一天临时加班，直忙到暮色四合，当我拖着疲惫的身子走出厂门口时，见她站在风里眺望。看见我后，她赶紧迎上来说："我今天从老家回来，给你背了半袋面，等了半天终于等到你了。"

她又说："你对我那么好，我都不知道给你点啥好，这是自家磨的玉米面，煮稀饭可香了。"

那一刻，仿佛有千万朵花在眼前盛开，我心中涌起一股难言的感动。她没读过几年书，"投之以桃，报之以李"的道理她说不上来，但她记得别人对自己的好，并把它当作一种感恩，一种铭记。

这让我感到羞赧，甚至有些难为情，我给予她的是舍弃的"旧物"，而她还报给我的是汗水凝成的"礼物"。我抱着那半袋面离去，就如同怀抱着一颗沉甸甸的心。

后来，这样的场景不时出现。她从老家带回的礼品中，有带着泥土和露水的蔬菜，有又甜又脆的瓜果。为了不拂她的好意，我笑着接了过来，之后再用别的方式，悄悄地还之以礼。

有时她在清扫地面，看到我从身边走过，会停下手里的活，朝着我温和地笑笑。如果看我不是太忙，还会上前搭几句话。闲聊中，她得知我爱好写作，话语里更多了几分敬重。

隔了几天，她在路上等我，递上一卷透着香气的烙馍。我谢过她正要离去，老人关切地说："姑娘，写文章很费脑子的，你看上去瘦了，记得多吃点饭啊！"我点点头，认真地说："好，我记得了。"

就在我一转身的那一刻，只觉心绪迭起，万千奔涌。在这座小城里，除了爱人和孩子以外，我没有别的亲人。如今，我已近不惑之年，只有她仍称呼我姑娘，留意到我的胖瘦，我知道她是真的心疼我。

那天下班路过车棚，我看见老人坐在大树下，怀里抱着小孙女在哄她睡觉，一边拍一边轻轻地哼唱。阳光透过树隙散落一地斑斓，我缓缓地从她面前走过，两人会意地相视一笑。恍然间，觉得有点像黑白老电影里面的场景，我多么希望时光停留在这温馨的一刻。

大地方来的人不懂

文／严文华

一直没意识到自己的身上沾染了"都市习气"，直到回家探亲时家乡人告诉我。家乡是祖国边陲小镇，我在这里曾生活十几年，好歹也算当地人，但这里的人火眼金睛，居然辨认出我不是一直在这里生活的人。因为，我没有他们所拥有的智慧。

一次，我去买小家电。付了钱，营业员说等一下，要去仓库提货。我说先去买布艺品，回头再取。营业员说可以，然后我请她注明还没取货。她瞪大了眼睛，问："你是从大地方来的吧？我们这里人从来不赖账！"我仍坚持着，她写了。后来在布艺店流连了很久，突然有人拍我的肩，我回头惊讶地看到营业员拎着家电。"下班了，没你的电话，就一家一家地找过来。"我一迭声地道谢。我不知道她们下班这么早，在上海，商店通常营业到很晚。听到我道谢，她冲我笑着说："不用了，大家低头不见抬头见，下次再来，我要赶回家做饭啦！"

有一天，我一个人正吃着早饭，妈妈领人进来，招呼着他吃饭。这人年纪轻，穿着一身又脏又旧的衣服，一看便知刚干过活。妈妈说："他在外边干活，我叫他进来吃顿早饭。"那人连连道谢，一口外地口音，一口气吃了四个馍馍。他走后，我埋怨妈妈把不知根底的人带进家。

妈妈说："出门在外不容易，能帮一把就帮一把。"

我又说要注意安全，妈妈笑了，"这里跟大城市不一样，哪儿有那么多坏人？走到哪儿，只要赶上饭点了就会留饭的。"

"那他们收工钱吗？"我问。

"工钱归工钱，当然要给。"

"可是，要在上海，留别人吃饭是件大事，也是很大的情面，起码少收点。"我说。

"在这里很普通，小地方嘛！"妈妈淡淡地说。

有一天出门坐公交，上了车后，一个乘客拿着一张百元钱递给我，我弄了半天才明白：她想跟我换零钱。我连连摇头，心想：有钱也不能换给你啊！怎么知道是不是假钞！回家跟父母说起这件事，并猜测我遇到了骗子。他们说："你坐的车大部分乘客都相互认识，在车上行骗的可能性小，可能真的要换钱。"

"那为什么不去银行或商店？"我狐疑地问。

"小地方呗，大家怎么方便怎么来。"

在上海，坐公交遇到熟人的概率是中彩。第二天，我就遇到了这个概率。在街上，我遇到了同坐一趟长途车回家的乘客。当时我和他聊了一路，他告诉我他是做生意的。没有想到，我们竟然会在街上碰到。我们聊了他生意上的事情后，便各自回家了。我惊叹再次相遇的概率，也感叹他的坦诚，什么事情都愿意与我这个陌生人分享。回家跟父母感叹这事，爸妈说："这里是小地方，说不定就撞见了熟人。"有一次和爸爸去一家商店买东西，店家热情地招呼，价格上还给了优惠。买完东西，爸爸试探地问了一句："你姓刘吧？"我觉得很突兀，但店家却笑了，"对，我姓刘，您大概认识我爸。"寒暄了一会儿，原来，他的爸爸和我爸爸以前是同事。原来，世界可以这么小。

我还看到爸妈有很多在我看来不安全的做法——出门不锁门，或象征性地关上门；晚上也敞着窗，甚至开着门；家里电话号码随意留给别人；

与陌生人说话时会提到住处，有时还把我牵进去，提及我在哪里工作、住在哪里……我跟他们指出这样不安全，不要跟陌生人谈这些，爸妈却我行我素。开始我不理解，但现在想明白了：小地方的人自有生活智慧。他们相信自己，信任别人，待人热情，生活简单随意，做事有基本原则，比如，一回生，二回熟，三回是朋友。他们做事不做绝，总有回旋余地，因为低头不见抬头见。做事有敬畏心，因为人际关系的网络密密地交织着，口碑非常重要，一个小小的善行或恶举会波及很远……而在大城市，人们有另一套生存法则。人们要花很多时间和精力隐藏自己，不暴露自己不想暴露的信息却又让别人知道自己，花很多精力防御熟人和陌生人，和别人分享的公共信息看上去很多，但实际很少……

老徐煎饼

文／华明玥

留意到老徐的煎饼摊，是那天去买煎饼时，见一个坐在轮椅上的女孩停在煎饼摊旁，欢快地对推轮椅的妈妈说："就是这家，这条街上，只有这家是门口放着茉莉花的，好香，我大学在这里吃了四年的煎饼啊。"

排队等着老徐摊煎饼，才知这对母女是从江北赶来的，开车四五十分钟，带着折叠轮椅，就为了圆女儿一个梦：再吃一回老徐煎饼。

女孩毕业后，这条连接两所大学的窄街拆迁了，煎饼摊被挪到了更偏的地方，很难找。但根深蒂固的记忆帮了女孩，她一路寻一路问：要找那家鏊子有 80 厘米的煎饼摊，门口，摊煎饼的人放着好几盆茉莉花和珠珠花。对了，就是那个既摊棕色煎饼又摊米黄煎饼的老徐煎饼摊。

摊主夫妇小忙了一阵，把我前面的客人都打发走了，开始为轮椅上的女孩摊煎饼。毕业一年了，老徐还能一口报出女孩的喜好："要地瓜干和高粱糊摊的煎饼，不要葱，酱要甜的，辣酱只能放一丁点，药芹丝和土豆丝要多搁，是不是这样？"

见老徐还记得她大学时代的口味，女孩的眼圈都红了。老徐飞快地用油擦子在鏊子上扫涂一遍，在鏊子上舀一勺面，抡起膀子，手腕轻转，眨眼间，竹笆子已将冒着热气的面团摊成一个圆，再在薄面饼上夹菜，涂酱，撒上芝麻，几乎是在半分钟之间，面香和菜香已经飘出。老徐再将一张脆饼一折为二，压在饼身中央，用铲子沿鏊子边把摊好的煎饼折包成长方形，反过来，在鏊子上略炕一下，让饼身略略发出焦香。再过半分钟，老徐已将煎饼从中匀切为二，分别装袋，递给女孩和她的妈妈，"你女儿老坐着，活动量小，从来都是跟推她来的同学分吃一个煎饼。"

女孩再次感慨：叔叔还记得我的饭量。

老徐笑：五年前，第一回见到你就感觉你特别。坐在轮椅上，比谁都爱说爱笑。我跟老伴说，也没见女孩的妈妈跟来陪读，可怜见的，问你，你说学校已经挺照顾你，把你安排在一楼的宿舍，还敲掉一小段台阶，修了个可供轮椅出入的坡道，"妈妈有妈妈的事，是我不要她陪的。要不然我再大一点，也不会洗床单，不会晒被子。"

老徐记得女孩说她读财会专业。"我这种情况，为将来好找工作，可选的专业很少。"女孩的口气很平静，并没有夹杂任何怨怼。那种为前程忧虑的隐痛，就像一朵快速穿行的云，眨眼间就突破幽暗，被太阳镀上金边。"不过总算有大学肯录取我，我蛮知足。找工作的事以后再说。"老徐记得女孩见到搪瓷盆里五颜六色的菜码的惊喜，除了土豆丝、海带丝、豆腐干丝和雪菜末这几样常备的，竟还有野芹菜和豌豆头，有黄瓜丝和一种粉红色的水萝卜擦成的丝，还有南瓜丝，女孩说："比我们学校食堂还丰富。"

有这一声称赞，老徐就有了心，想给坐在轮椅上的女孩多夹菜，但当时老徐调的面糊只有玉米面和小米面混合的那种，包的菜多了就把饼身洇软，难保又香又脆。为了这桩心事，老徐打算拿老家的地瓜和高粱试试。"俺们山东人都知道高粱磨得再细，摊出饼子来都有骨子，有嚼头，地瓜干磨成粉后摊出的饼子有韧性。这两样搭配，多炕一会儿饼子也不会焦煳，里面夹的炒菜能多些。"当然，一开始，没经验的老徐费了老鼻子劲，摊出来的饼子却还发黑，后来才知道地瓜面要事先用水浸泡，把面里的黑水浸出，摊出的饼才会有一种干净的浅褐色。

至此，老徐的摊点上，就有两种颜色的面糊，后来还有荞麦面糊，替一些血糖偏高、爱上火的老人准备的。老徐说，某一天，发现你的轮椅不再出现，还有点小失落。跟老伴算算时间，明白你是毕业了，就没想到今儿还能再见着你，真高兴。"找到工作了吗？"

"毕业后还找了6个月，到年底时有老板找我帮忙做账。忙完年，我被留用了。"

"那敢情好。"

轮椅摇走了，女孩一面朝妈妈停车的方向走一面回头看。老徐从鏊子上抬起烤红的脸，突然对女孩展颜笑了，伸出粘有面糊的右手，握拳，再对女孩竖起大拇指，久久地。

擦鞋嫂

文／范立志

朋友昨天找我说，有一个擦鞋的大嫂家里挺困难，让我在社区帮帮忙，照顾她家一个低保。

听到敲门声，我猜可能是那位大嫂来了。我打开门，只见她拎着一提酒怯生生地走进来，四十多岁，黑黝黝的脸，没任何修饰。是她？这张脸太熟悉了！她把酒放在靠墙边，拘谨地站着。

"你请坐。"我对她说。

"嗯。"她坐在沙发上，屁股仅探一点沙发沿。

"请说说，你家有啥困难？"

"婆婆七十多岁，前年中了风，半身不能动，瘫在床上。两个孩子都在上学，一个上初中，一个上大学。我吧，人笨，除了擦擦皮鞋，不会干其他挣钱的活儿。"说完，她苦涩地笑了笑。

"孩子他爸呢？"

"过世七八年了。"

我见她眼神黯淡了许多，连忙转换话题："你认识我吗？"

"不认识。"她仔细地看了看我，回答说。

不认识？我十分意外。我到社区工作已有一个多月，每天上下班，都要从她的擦鞋摊前经过。大多时候，她都会招呼一声："师傅，擦擦鞋吧！"每隔五六天，我都会坐在她的擦鞋摊前擦鞋。每次，她见我走近，便用干净毛巾，把那尺把高的小凳子抹了又抹，然后说："您请坐！"她擦鞋技术熟练，擦的时间也长，不像有的人擦三两下完事，总是把我的皮鞋擦得锃亮锃亮的。我走时，她会有礼貌地说一句："您走好！"而刚才，她却说不认识我，这让我很不理解。

"你真的不认识我？"

她憨厚地笑了笑说："对不起，我真的不认识您。"

"你回去后，写一份申请交给社区，我会给你办的。"

"谢谢，谢谢！"她一个劲儿地鞠躬。在她告辞后快迈出门的那一刹那，我突然想起那提酒，连忙对她说："你等等，把酒带回去。"

"这怎么行呢？"她一个劲儿地推辞着。我见她硬是不肯带回去，便对她说："大嫂，这酒你要是不带回去，你那低保我就不办了。"

她愣了愣，接过酒，双眼有些湿润，边走向门外，边念叨："好人呀，好人呀……"

再次去她的擦鞋摊擦鞋，是一个星期后，她刚来，摊子还没开开。她见我来了，热情地打招呼："第一次来这儿擦鞋吧？只要您不嫌弃我擦得不好，以后鞋脏了，尽管来擦。"

第一次来这儿擦鞋？她的话，又使我想起了那天她说不认识我，好奇心使我想打破砂锅问到底，"大嫂，这以前，我在你这儿已擦过四五次鞋了，难道你一点印象也没有？"

"什么？您在我这儿已擦过四五次鞋了？"她停下干活，怔怔地看着我，微黑的脸膛透出了红晕，她满脸歉意地说，"难怪您那天问我认不认识您，都怪我眼拙。"说着，她又擦起鞋来，擦着擦着，她苦笑一声，对我说，"您知道吗，您别看我们见了过路的人都热情地招呼'师傅，来擦擦鞋吧'，其实，我们招呼的并不是过路的人啊！"

"什么？你们招呼的并不是过路的人？"这话听起来挺新鲜，我连忙问，"大嫂，那你们招呼的是什么？"

"是你们的一双脚啊！"

我心里一酸，终于明白了。

对大嫂的更多认识，是半年后。

那天，县团委和各社区联合组织捐资助学，有一个贫困生的发言，令我们很感动。他给我们讲了一个故事：七年前，一个男子骑摩托车回家，因为天太黑，摩托车电路坏了没有灯，途中发生车祸，不但自己当场身亡，而且还撞死了一个男人。几天后，当被撞死男人的女人找上门索赔时，才知道他家里除了两间破房子外，就剩下一个四岁多的孤儿。女人不但没索到一分钱赔偿，还掏钱为孤儿买了许多吃的。这以后，女人总感到有一双饥饿的眼睛看着她，令她吃不安、睡不宁。女人在第五次来看望孤儿时，带走了孤儿，认孤儿为儿子。从此，那孤儿又有了一个更温馨的家。

讲完故事，贫困生泣不成声地告诉我们，那孤儿就是他，那收养孤儿的女人，就是他现在的母亲！

听了贫困生的故事，我决定去拜访那位母亲。按照那位学生提供的地址找到他的母亲时，我愣在那里，因为她不是别人，正是我认识的擦鞋嫂。

外公的承诺

文／朱民迁

上海虹口提篮桥，一座行将拆迁的老式石库门的二楼亭子间里，锤子敲开了孙礼德20年前费尽心思钉上的重重木条，木条里头藏着书橱，打开橱门，一沓沓积满灰尘的旧书出现。

这2000册英文、德文、希伯来文图书在这儿住了整整70年，它们来自孙礼德的外公林道志。1943年，一位在上海避难多年、行将离开的犹太人，将这批书交给他看管，并告诉他，"我会回来的"。

为了这句约定，林家三代人，守候了70年。

20年前，孙礼德曾无意中向一位好友提及家中这批犹太人留下的书，对方立刻惊叫："值钱了！"孙礼德一惊，他从没有考虑过"钱"的问题。与全家人一样，自他知道这批书，就被告知这是"别人的东西"。孙礼德的舅妈，林道志的小儿媳潘碌说："我不可能把它们当作财富或筹码，只有物归原主，我才心安。"

20世纪30年代末，林道志拿着做生意赚来的钱，办起一座私立小学，希望让更多孩子能读书。正是那一时期，提篮桥地区涌入上万名前来避难的犹太人。他的学校也接收了一些犹太孩子，一位犹太学校的校长就此与其有了接触。渐渐地，他们成了朋友。1943年，日军轰炸的传言四起，一部分犹太人开始撤离。犹太校长把2000余册书交给林道志，请求他保管它们，"我会回来的"。

不久，本地居民也开始举家逃难。林道志一家人来不及带太多行李，却用两个大箩筐挑走了所有的书。路上，两箩筐书一度被日本人扣下，他们告诉对方这是犹太教会的书，才涉险过关。而在水上，他们乘坐的小舢板，又遇上一艘强盗船步步逼近，林道志在近乎绝望中拉着船长，拼命喊道："撑帆！撑帆！"小舢板第一次在无风的晴天撑起了满帆，然后，奇迹出现了。水面上突然狂风大作，在风帆助航下，他们终于逃出了盗匪的视线。

之后，它们跟着林道志几经辗转，最终还是回到提篮桥的这间亭子间。

到了 1966 年，谁都以为，这批书再也躲不过一场浩劫了。那天下午，前来抄家的红卫兵破窗而入，亭子间里的书没有躲过他们的眼睛，"拉出去烧！"书被一批批拉到门外的一处空地上准备焚烧。然而，近乎绝望时，晴朗的天突然出现了雨点。雨越下越大，红卫兵们无奈改变原定计划。他们将书运回房间，贴上封条，抛下一句："过几天再来！"

第二天，年届耄耋的林道志奔赴宗教局。他反复解释，这批书"不是我的，是别人的"，宗教局下达了封存令。仿佛命中注定一般，这些书得救了。

1981 年 2 月，92 岁的林道志辞世。没有等到书的主人，成了他终生的遗憾。

林道志的小儿子林尚义，继续等待和寻找这批书的主人。然而，线索的极度缺乏，让林尚义的努力无功而返。2006 年，林尚义突发疾病猝然离世，潘碌和孙礼德又接过了接力棒。

今年，孙礼德和潘碌在翻箱倒柜中发现林道志手书的一份"交代材料"，上面清楚地写着，这位犹太校长，名叫卡尔·安格尔。10 月，惊喜再次出现，他们找到了一封打字机打的英文短信。

信写于 1947 年 9 月，卡尔夫妇刚刚回到德国故乡。他们告诉林家人，回乡的生活总算安稳，卡尔也找到了不错的工作。

潘碌和孙礼德写了一封信，请人译成德文，照着"交代材料"末尾的地址寄了出去。信的抬头是"卡尔·安格尔先生或他的后人"，里边写道："如果你还记得这一批书，请与上海的我们联系，我们一直在等你。"

寄出的信被退了回来，德国邮局告知"收信地址查无此人"。

潘碌又向上海犹太难民纪念馆写了一封求助信，现在，纪念馆已通过德国驻沪总领事馆寻求帮助，对方表示将尽快联系当地政府，通过档案系统仔细查找卡尔及其家人的迁徙状况。以这样的途径，找到的可能性很大。2000 余本书被送往虹口区图书馆代为看管，直至找到它们的主人。

他们不愿意自家的故事被大肆渲染，只想找到书的主人。在孙礼德看来，这本不是一件特殊的事情，"找到了，把书还给他们，就是了"。

耐心的胜利

文／叶延滨

1966 年初夏，省报的头版，几乎以一版的篇幅，点名批判在大学当校长和党委书记的父亲。我赶回省城，来到父亲身边。

在被抄得几乎一无所有的家，父亲推门进来，一身灰色的中山装，黑圆口布鞋，头上戴着一顶纸糊的高帽子，胸前挂着一个大牌子"黑帮分子叶某某"。

"来啦！吃过饭了？"父亲一边打招呼，一边把高帽子脱下来，放到门边，又把胸前的黑帮分子牌子，挂在衣帽架上。见面不到一个小时，父亲说："时间到了，你走吧。"然后胸前挂上牌子，把纸高帽扣在头上，往门外走去。突然，他转身说："今天是你的生日吧？18 岁了，大人了！"淡淡微笑着，推门出去。

这曾是个家，空空荡荡，父亲不能住家里，在学生大楼里被三个学生看管同住。

省城武斗越来越厉害。我没见到父亲被打的情形，只见父亲牙齿脱落嘴角出血，浑身青紫的伤痕。一位穿着白大褂戴着大口罩的中年医生，抬手递给我一张诊断书，上有一行字——结论：长期缺乏锻炼所致劳损。医生的这张薄纸，让我明白父亲的处境。如果不想办法，父亲不可能活着走出这个地方。

大学在城西郊区，距城区六七里路，校门前是一条省道。学校变成了"军事据点"，校门口堆满沙包工事，持枪的武斗队员日夜站岗。父亲被关押在学生宿舍大楼里，同房有三个造反派大学生24小时值守。要把父亲从这样的地方救出来，是件难事。

　　大学的一位中年女老师，找到了一位姓张的工人帮助我，此人在部队当过侦察员，参与讨论的还有一位姓黄的技术员。讨论产生了一个长达数月的计划，主要实施者是我和父亲两个人。

　　我每周从城里到城郊的大学去看望父亲两三次，骑自行车，背一大包食品和必需的日用品。每次进校门，武装人员都要检查所带的东西。进到宿舍楼，通常都有人与父亲同在屋里。每次我都带四份食品，给父亲一份，药品和咸菜、水果，给那三个同屋的学生点心和水果。开始他们推却，界限划得清楚。我就把东西放在桌上，等我一走他们也就乐得享用。次数多了，当我的面也就吃起来。除了送食物，我每周还要给父亲剪一次头发。用推剪给父亲推出短发平头，不在乎样式好孬，剪完了，父亲用手抓一下，头发剪短后抓不住了，说一声："行了！"上批斗会，揪不住头发，要少遭许多罪。

　　我的努力是让父亲保持与外面的联系，而父亲的努力是用耐心争取一个逃走的机会。

　　和看守学生的关系得到了改善，父亲就提出每天早上到锅炉房打开水，顺便也散步放风在校园里走一圈。原先是每天下午出去放风，每次都有一个看守陪着。现在改成早上6点起床，上锅炉房打水同时放风散步。看守者睡不成懒觉了，不乐意。多说几次，多吃几次我带来的东西，同意了。

　　就这样一天天过去，父亲清早6点准点起来，但天色一天比一天亮得晚，天气也越来越冷。终于有一天轮值陪同者不想起床了，父亲独自一人，照常去锅炉房打水，然后提着暖水瓶再沿着校园围墙走一圈，7

点前回到住处，东方才泛出鱼肚白。打那以后，默许变成习惯，早上起床后没有人跟着父亲了。

11 月的一个夜晚，工人老张和我，住进了学校墙外一户人家中。早上 5 点，我俩推着自行车，来到校园围墙外一道小铁栅门等候。雾气浓重，寒意透心，上下牙不禁时时打战。六点半时分，父亲走到了小铁栅门前。我把一架小竹梯从铁栅间塞进去，父亲把竹梯搭在围墙上，爬上围墙，又抽起竹梯递了出来……成功了！从秋到冬，就为了这一刻！工人老张骑车在前面开道，我努力稳住神，两条腿直哆嗦！一咬牙蹬动了车子，父亲坐在后架上，拍了一下我的背，两辆自行车一前一后，沿着小道冲进了浓浓的晨雾中。

这是我一生最自豪的一次成功，这是耐心取得的成功，耐心做那琐碎、乏味、刻板的小事，因为爱，因为有信心……

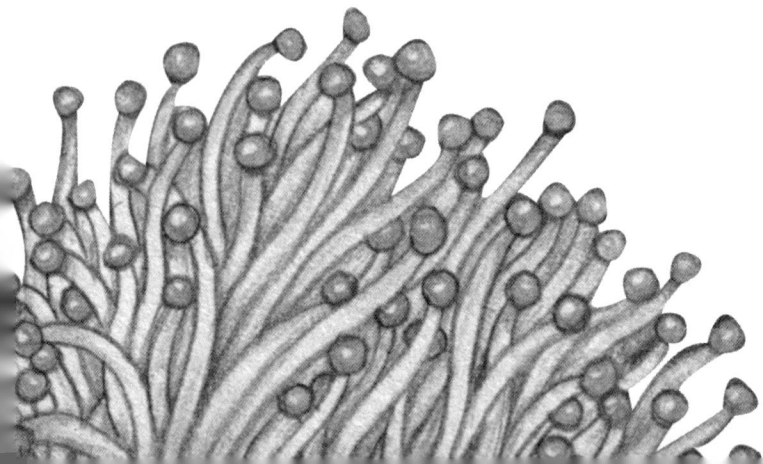

妈妈，我要让你不忧伤

文／叶 萱

一

领结婚证的日子是撞来的——清早醒来，突然觉得 9 月 9 日是个好听的日子，给母亲打电话："我今天去领结婚证好不好？"

她还是那么无所谓的样子，"迟早都要领，自己看着办吧。"

我以为，她是真的不在乎。

自民政局出来，又给母亲打电话，告诉她："妈，我结婚啦。"

她沉默几秒钟，然后深深叹口气。她说的话我一辈子记得，她说："你终于做了别人的老婆了，妈妈心里滋味很怪。该高兴的，可是也很难过。妈妈不舍得女儿嫁人啊，妈妈希望他一辈子对你好，不会委屈你，你也不要委屈自己。妈妈希望你永远都幸福……"

她深深叹息，她叹息的时候我仰起头，午后暖洋洋的阳光里，却有液体在眼睛里盘旋。

我的母亲，别人眼里多么严厉的女人，她对我，有严肃的批评、语重心长的教诲、推心置腹的恳谈，但从未有过，今天这样软弱的忧伤。

二

刚结婚的日子里，我没有多大的转变。我还是以前那个没心没肺的女孩子，喜欢吃喝玩乐，情感真挚，生活简单。然而在母亲的心里，或许却是滔天的浪，呼啸而来。

我的父母，在我初结婚那一年里，史无前例的敏感脆弱。

那一年，我报考了国家公务员。填报名表的时候在"主要家庭成员"一栏填写了先生的名字。打印好的表格不慎被母亲看到，她带点酸楚地说："现在，你填家庭成员，就不需要填我和你爸的名字了。"

看我发愣，她补充："女儿大了，嫁人了，所有权发生了转移，现在，你是别人家的人了。"

她背转身去，黯然神伤地走开。她离开时的样子，就好像小女孩某些心爱的宝贝，遭遇到了莫名其妙的遗失。

从 19 岁考取大学离开家乡到 26 岁研究生毕业参加公考，我在远离父母的城市里生活了整整 7 个年头。7 年里，那是我第一次没有把父母当作家庭成员来填写。也是第一次，我发现，我终要面对"已婚"的事实，还有母亲那黯然神伤的背影。

三

母亲说："嫁女儿和娶媳妇是完全不一样的心情啊！"

她这样感叹的时候，姨妈正在为儿子的婚礼忙得焦头烂额外加神采飞扬。母亲每天都去帮忙，为一场婚礼振奋不已——是我们家娶媳妇呢。她总是这样说。

这么久以来，我一直是她的骄傲。她喜欢告诉人：男女都一样，如果当初生个儿子，倒不一定有我女儿学习好……

所以，这是她第一次用带有浓厚"重男轻女"色彩的语言总结两场婚礼的本质差别。

结婚前，每次回家，母亲总是喜欢和我一起在傍晚的海风里散步。路过超市的时候，她会很主动地问我："你要不要买盒冰激凌？酸奶呢？水果也不要吗？"她喜欢为我付账，付账的时候她很满足，因为我是她亲亲的宝贝，无人能够取代她对我的眷顾与宠爱。

可是婚后，情况似乎发生了变化。

我、我先生，还有母亲，我们一起去逛超市。先生手里拎篮子，还要负责结账。作为一个男人，这是他的风度与义务。我一边收拾物品，一边不经意转头，却突然看见，母亲平静得毫无表情的脸——或许就在不久以前，她还带着骄傲、得意的表情，为我买下一大盒冰激凌。

我喜欢看她骄傲得意的样子，就好像我还是那个三五岁的小女孩，而她，以慈悲的心、温暖的呵护，把小女孩期冀着的冰激凌放进她的手中。

我终于读懂，普天下母亲的眼神，最幸福的一刻，就是小女儿欢呼雀跃着感激母亲实现她们的梦想的刹那——亲情，以恩赐的名义，温存地满足着母亲们小小的虚荣。

到这时，我终于知道，她爱我，爱仅属于她的那个我。在千里外的城市里，她每天都在想念我，想念的，是只被她拥有并深深眷恋她的那个我。可是，她希望我幸福，所以不可以把这样的爱加以表达。

也是那一年，某次我独自回家过周末，母亲看见我很高兴，雀跃着说要带我去逛商店"买新衣服、新鞋子、各种好吃的"。临出门的时候她弯腰穿鞋子，我低头，却突然看见她茂密黑发里，一两根不着调的白。

我的母亲，她老了。

我还记得，年轻时候在上海读大学的她，神采飞扬。八十年代初，她穿好看的格子裙子、镶花边的衬衣，喝苦苦的咖啡，听肖邦的音乐。

可是现在，每次我回家，她兴高采烈地去菜市场买活鱼活虾，只要是我喜欢吃的，她从来不问价钱。"女儿回家"，对她来说，没有比这更温暖的词语以及更温暖的瞬间。

我也终于明白，那首《常回家看看》的歌不过是让我们把身体带回家，可是灵魂上的亲近却是以细节的方式完成——原来，每个女儿的妈妈，最需要的，是女儿未曾改变的依赖。

四

写这篇文章的时候，我已经成为两个孩子的妈妈。我如此贪婪地注视着他们的成长，迫不及待地记录，唯恐错过一点他们的变化，唯恐忘记一段他们的稚语，唯恐一不留神就已经要面对那个长大了的他们。

唯恐有一天，所有那些属于母亲的忧伤，会像藤蔓一样紧紧捆缚住我。可是你知道的，那是我们生命中的必然，所有失去，都从长大开始。

我终于忍不住想：我的女儿，将来，你会和一个怎样的男孩子谈爱情，并愿意为他披上嫁衣？我的儿子，你又会喜欢上一个怎样的女孩子，并愿意对她的未来负责？

我这样想象着、想象着……你们再不仅仅是我的了。

是的，是的，现在我知道了：就像书上说的那样，当所有的爱都把人越拉越近的时候，唯有妈妈的爱会把宝贝们越推越远。

因为爱，才要送你们去更广阔的平台上施展抱负。因为爱，才要送你们去心爱的人身边沐浴爱情。亲爱的孩子们，如今我终于知道，我有多么不舍你们，就有多么愧对你们的外婆！

也就是在这时候，传来好消息——通往家乡的动车终于快要通车。没有人知道，当看到这条不算太显眼的新闻时，我有多激动和喜悦，从此，我每个月都可以带着孩子们回家了，回家去，看我的妈妈！

老爸，不说话就是都满意啦

文/宁　子

我会在你的坟前跳支舞

一年前，我搬入新居半个月后的周末，早上还在睡梦里，忽然被门铃声吵醒。嘟哝着爬起来，贴着猫眼看门外按门铃的人，吓一大跳，竟然是老爸和老妈。这对老头老太太竟突然袭击，一声不吭地不请自来，还准确无误地找到了这里。

他们来做什么？老爸答，庆贺你有了自己的小窝。

不说还好，一说真是让我脸红，这小窝，百分之八十的款项出自他和老妈多年的积蓄，我只拿了装修款。其实当初我对买房并无太多热情，是他竭力促成。就这样，我有了自己的房子，小二居。

我当然希望他们来，耿耿于怀的只是没有提前通知让我接站，这点小事都不"麻烦"我。吃早餐时，我问他："在你看来，我究竟多大算长大呢？"

他吸着面条含糊地说："只要我和你妈在，你多大都是孩子。"回答得真有哲理。

那一阵，都市频道在重播一部古装剧《倾城雪》，董洁扮演的"坏女孩"江嘉沅吸引了我。

慢慢在后面的剧集看到这样的片段：江嘉沅提了自己做的饭菜去给故去的爹爹上坟。坐在坟前，背靠墓碑，她仰头看着天空，大声问："爹，我做的菜好吃吗？我上次带来的那个人你满意吗？"然后停顿一下，说："不说话啊，不说话就是都满意啦。"

画面中的女孩笑了，我也跟着忍不住笑。老爸看到这里也笑了，"这爷儿俩怎么跟咱俩似的，以后我死了你来看我的时候也要高高兴兴的。"我点着他的鼻子笑着说："没问题，我还会在你坟前给你跳个舞呢。"说完我两哈哈大笑起来。

"外交家"的秘密

住了一些时日，老爸充分地发挥了自己"外交家"的天赋，左邻右舍、楼上楼下，很快就摸清了这些邻居们的来龙去脉，几口人，在哪里工作，包括邻居大姐的电话，并不经我同意把我电话留给了对方，理由是"远亲不如近邻"。

跟小区外水果、蔬菜摊点儿的商贩竟然也都熟了，卖水果的小伙主动招呼他"大叔"。他点头应得亲切，不忘寒暄两句。

我好奇地问他："你都跟人说什么了？"

"哪有什么？拉拉家常，以后你在这里住，和他们熟悉点有什么不好？"

"有什么好？又不是不花钱白送，也就说得好听，你没听说过无商不奸？"

他就瞪我一眼，"年纪轻轻怎么那么俗气？你爸是那么小气的人吗？重要的是有生活氛围、有人气儿。人气儿懂不懂？"

我扑哧乐了，原来人气就是和居住周围的小商贩搞好关系，以前我以为人气是指微博粉丝呢。

没过几天，他竟把专门负责收小区废品的中年男人领到家里来了。

门口收拾了一堆物品，旧杂志、旧衣服、旧茶杯……用过的瓶瓶罐罐，我一直懒得处理。难为他们能如此准确地挑拣出来帮我清理，但不至于把人领回家吧？

表面上当然不能发作，等那人一走，我便大叫："真没安全意识，你知道现在外面多乱吗？什么人都往家里领。"

他不以为然，反倒批判我："这世道就是被你们这些人弄坏的，看谁都像坏人，心眼越来越狭窄，人和人之间越来越生分。"

"防人之心不可无啊。说说，那么多东西他给你多少钱？"

"没要钱，人家愿意要就不错了，也就凑巧他家里有丫头，正读高中呢，个头比你低点，也不胖，你不穿的衣服刚好可以给她穿，也算你做好事了。"

真是没了脾气，他连人家有女儿读高中什么模样都弄清楚了，"你看看，钱都没给你，更加证明他不是单纯来收废品的。"

我说完这些话，他顿了一下，然后说："爸这个年纪了，什么不懂？不过爸知道，一个时时把女儿挂在嘴上的人，怎么都不可能是坏人。"本还想回嘴顶回去，但不知怎的，眼睛里竟然有些潮潮的。

最近几日总感觉他声音越来越沙哑，半夜里还总是咳嗽得厉害。下班回来路过水果摊，给他买了几个雪梨，让妈炖了。卖水果的一听说是买给他治咳嗽的，硬是多给了两个。妈一边炖梨一边跟我说了一个隐藏许久的秘密，爸得了肺癌。

他为我的生活织了一张网

那天夜里，我翻来覆去难以入睡。眼泪干了又湿，湿了又干。原来，他是怕我日后没有地方遮风避雨，所以倾其所有买了房子给我，知道我一个人在这个城市生活，希望多一些人来关心我，于是才与这些人打得火热。不知情的我还说要在他坟前跳舞的傻话，还要教育他不要和陌生人亲密过度。我真的是这个世界上最不懂事的女儿。

妈说："千万不能让你爸知道我告诉你这些。你要装作什么都不知道，开开心心陪他过完这剩下的日子。"

第二日，我还跟平时一样，跟他谈笑风生。只是看到他略微浮肿的脸，才发觉自己怎么如此粗心，竟然没有觉察到他一丝一毫的不对劲儿。

咳嗽越来越严重，他提出和妈回老家去。我要一同前往被拒绝了，我猜得到他是这种态度，于是不再坚持。

他们走后，我的生活也热闹了许多。早上在电梯里，总有人点头打招呼。每天下班回来，小区外卖水果的、卖青菜的、卖凉皮的，包括干果店的胖大妈，也总是招呼我：下班啦。

真有人气儿啊，我总是边答应边感慨。

周末下雨，卫生间有一处角落漏水。物业查看过，怀疑顶部隔板里的上水管出了问题，让我找装修工人解决。

年末，很多工人都回老家过年了，去哪里找工人？茫然无措时，在楼道碰到邻居大姐，她对我说，负责收废品的男人略懂一些水电线路，可以找他。

于是问题顺利解决，对方帮我修好了漏水的地方，还坚决分文不收，并将电话留给我，说，姑娘，以后有事随时找我……对了，你爸他好吗？

我爸……我沉默良久，点头，他好，他很好。那就好。他拿着工具离开，记得问你爸好啊。

那时我更加体会到老爸的良苦用心，他在离去前，默默地为我结了一张生活的网，无形，却真实有力。

不说话就是都满意啦

我请假回去陪他。见到他时，他躺在医院的病床上，全身水肿，因为癌细胞转移压迫声带，已经不能说话了。那么爱说笑的一个人突然不能讲话了，可我却比任何时候都能读懂他的语言。

爸爸走后，我又回来上班。我依旧开心地工作，买水果的时候也会与摊主话话家常。当人们询问起来，我告诉他们，父亲很好。只因他离开前，我答应了他，不对任何人倾诉失去他的痛苦，也不让自己反复痛苦。不悲悲切切、哭哭啼啼……因为，那不是他想要的，也不是我想要的。

他想要的，无非是我平安喜乐。现在的我一个人生活在别人的城市，有安稳工作、温暖居所、邻里和睦、时时有人照顾帮扶，懂得信任他人、真诚微笑。我想要的呢，是他看着平安喜乐的我，心满意足。

双面辣妈

文／曹　玲

一

　　我妈对我什么都不满意。从小她就嫌弃我是单眼皮，每次去喝满月酒回来，她对婴儿的评价不外乎"双眼皮，大眼睛，可好看呢"或者"单眼皮，肿眼泡，小眼睛，丑"。我妈家的女人都是双眼皮，她也双了好几层，可惜我遗传了我爸，不仅单，小时候还丹凤眼，吊着的。打小我就听她念叨："什么时候去给你割个双眼皮呢？要不然长大就没人要了。"听得我自卑无比。

　　除此之外，她还说过我是大饼脸、萝卜腿、稀毛儿等。前不久我逛花市，看到一种名叫"大饼脸"的多肉植物，赶紧拿下，回去观察了好几天，琢磨到底哪里长得像我。

　　我妈还嫌我脚宽，说我五个脚趾从来不能自然合拢。"你不是鞋挺多嘛，怎么长得像你爸一样从小没穿过鞋似的。"小时候我赤脚躺在床上，她拿小刀在上面比画，"从这里划一刀，把小趾头切掉就能穿尖头高跟鞋了。"只可惜我从来也没喜欢过什么尖头高跟鞋。

　　她嫌弃我挑食。我不爱吃什么，她就偏让我吃什么。光是为了吃面条和喝猪肝汤，我就被揍了不下两百回。她后来也承认，那时候一天不揍我，她手就痒痒，只是因为"习惯了"。我牙齿不好，她不让我吃巧克力，偷吃过一次也被揍了。为此我甚是记恨，甚至怀疑自己不是亲生的，以至于后来别人问我："你妈是干吗的啊？"我一律回答："卖巧克力的。"我26岁那年，啃甘蔗崩掉了一颗门牙，打电话跟她诉苦，她竟哈哈大笑，说我活该，说什么"幸好你妈不是卖甘蔗的，不然你早就一口假牙了"。

长大后，她嫌我上大学成绩不好，毕业后没去美国念书，没有女大十八变越变越好看，没做公务员，为人处世不够圆滑，眼光太差错过了买房的好时机，结婚太晚，找老公品位低下……她对我的各种唠叨、辱骂和不满通通烙上了这个时代的烙印，随便找一本描写中国大城市年轻人生活的当代小说或者电视剧，就能看到类似的桥段。

二

很长一段时间，我都特别害怕自己日后会变成我妈的模样：小城机关里的中年大妈，嗓门比正常人高10分贝；每天围着锅台转，谈论的不是老公就是孩子要么就是谁更有钱；体重160斤，只能逛胖太太服装店；每三个月花几十块烫一个花椰菜发型，刚烫好还不好意思被我们发现；看见花枝招展的小姑娘就叫人家是小狐狸精，看见风韵犹存的同龄人就叫人家是老狐狸精……我一度认为，女人做到这个份儿上真是太可怕了，但是一回头，中国遍地都是这样的妈。而且在这个巨变的年代，保不齐等自己人到中年，会混得比这更惨。

我妈把这一切都归因于：年轻时缺爱，中年时缺钱，等到什么都不缺了，人也就老了。我一直不明白她和父亲之间究竟是怎样的感情，他们那一代人，可以为了各种理由结婚。我爸说，我妈嫁给他是因为他哥可以把我妈调到城里工作。

为此我小时候还整整难过了一个星期，觉得自己不是所谓的"爱情的结晶"。我妈说不是这样，但她也说不出个所以然。我爸那时就是个穷教书的，个头儿只有一米六八，和她一般高，体重只有一百零几斤，比她还苗条。我妈最后总结了一下："周围也就你爸最合适，而且我有正式工作，你爸也满意。"我一度非常鄙视这种没有爱情的婚姻，后来我发现他们那个年代的爱情和我们现在的以及小说里写的爱情根本不是一回事。

或许我妈对我爸就是那个年代的感情，认为相爱就是平淡如水、居家过日子。我有时候觉得或许她一辈子都没遇到那种能让她"燃烧"起来的人和爱情，从一个女人的角度来说，这无疑是个遗憾，以至于她最初万分不理解我为什么要嫁给一个从他那里除了感情什么也得不到的男人。我很想看看爸妈新婚异地时的书信，那时候他们频频鸿雁传书，她嘲笑他是"错别字老先生"，每次回信都要附文纠正他上一封信中的错别字。可惜这些书信没有保存下来，一切都成了我的臆想。

实情是我出生之后便很少看到他们恩爱。他们总是打架，从二十多岁打到四十多岁。开始我手足无措只会大哭，后来劝架却被误伤，再后来就拉着小我七岁的弟弟躲到沙发后面观战，看着锅碗瓢盆、椅子、拖把、脸盆架等各类物品在空中飞来飞去，或者花瓶从冰箱上掉下来摔得粉碎。他们面红耳赤，相互辱骂厮打。有一次战斗结束后，我妈手破了，我爸脸上也挂了彩。我妈一把鼻涕一把泪地揽着我问："我们俩离婚，你跟谁？"我说："跟你。"她便搂紧我大哭，咒骂我那总是在外头打牌、一周有六天不回家吃饭的爹不得好死。说我如果跟了他，他一定会给我找个后妈，再生一个弟弟，之后我就成了小要饭的。哀号都是我爸害得她连亲爹都不肯让她回家……哭归哭，哭完她会表现出一个巨大的优点，那就是不管再生气、再伤心，也绝不会少吃一口饭。

三

我和弟弟长大后，她着实过了几年幸福的生活。我工作了，我弟在外地读大学，他们瞬间清闲下来。于是她买了跑步机，办了美容卡，学会了上网购物、玩游戏，每年都出去旅游。但是好了没多久，我爸又病了。他一生多灾多难，6岁就没了娘，39岁做了心脏手术，57岁又得了癌症，查出来已是三期。在北京看病的日子，我妈有些恍惚。她有时候会因为逃避现实而不肯去医院看我爸，躲在网上打牌，和网友聊天；有时候又出现老年痴呆症的迹象，出门买个包子都要打电话回来问她要买什么；有时候又无比焦躁，把我爸、我和医院都大骂一通；有时候则小心翼翼地嘘寒问暖，生怕我爸哪里不适。

此时我已结婚，已经理解男人对于一个家庭意味着什么。从36岁起，她便小心翼翼地照顾着这个被她称为"残废"的男人，"不仅个子矮，而且身体差"。那一年，她在手术室外等了好几个小时，"就像过了半生"。虽然心脏手术成功率98%，"但万一是那两个例外怎么办"？她哭到眼泪干了，他终于从手术室出来。出院前的那些日子，她天天用电热杯在小旅馆地下室给他煮鸡心、炖鸡汤。事后她总是对他说："要不是我，你连小命都没了，你的命有我一半。"他因为放疗导致口腔、喉咙溃烂，吃饭变成异常痛苦的事情，经常发脾气。她总是哄着他："当年你就是喝鸡心汤好起来的，快喝一点吧。"他很恼火，觉得现在得的是癌症，又不是心脏病，喝这有什么用！她总是用少见的耐心说："快喝一点吧，总是能好起来的。"那些天，她经常安抚他，我则总是安抚她。我老公成了我的加油站，每每经受挫折后都能从他那里获得能量。有时候他会问我，如果我病了你会不会像你妈对你爸这样对我？我坚定地答道：会！但是心里不免一阵发怵，我能吗？能做到几十年如一日淡然面对一个病秧子男人吗？能温顺如水，不乱发脾气吗？我真的不知道。

到了深秋，我爸的病情逐渐好转，再一次复查时状况良好，肿瘤逐渐萎缩，医生让他不用担心，继续静养。那天是我爸一个人去的医院，我妈照旧在我家打牌。后来她说，我爸回来一推门就"扑通"跪下了，说他病好了，要给她磕个头，他的命都是她给的了。我听了万分开心，但总是不能理解他们表达感情的方式，为什么有时如此含蓄，有时又如此外露？我讲给我老公听，他说："我发现了，你们家人都这样，有时候你也这样，只是你不觉得。"我愕然。"有时候我觉得你非常喜欢我，有时候觉得你一点都不喜欢我。有时候觉得你很温柔，有时候又觉得你很火爆，时不时会闪过你家里人的影子。"他说。

我一直不是很理解他的话，直到，我读到美国作家理查德·耶茨的一段话："我的确更喜欢我妈妈。我知道她笨，不负责任，知道她说话太多，知道她无缘无故就会情绪激动地大闹一场，遇到危机时肯定会垮掉，但是我沮丧地发现也许在很大程度上，我自己的性格是按照同样的路子塑造的。在许多方面——既没有什么益处，也不是特别愉快，她和我互相是个安慰。"我不禁潸然泪下。我一直极力避免滑到我母亲的道路上，但不可避免的，我骨子里已经有一部分和她融为一体了，无法抹去，不可改变。想到这一点我觉得万分沮丧，继而又觉得无限荣光。

我想成为你的骄傲

文／七　微

电话中，不知道说了什么话题，我妈忽然说，当年生你的时候还是难产呢，是坐胎。坐胎你知道吗，就是婴儿在母体中姿势是坐着的，生的时候卡着出不来，生了好久啊。大冬天的，浑身汗透，我差点死掉。好不容易生下来了，你一声不响，吓得我都哭了，后来接生婆把你倒挂着，在屁股上打了好多下，才终于"哇"地哭出来……

我跟听天书似的，嘴巴张好大，好久才再出声，我在电话里大叫，天哪，你怎么从来没跟我说过！我是难产！

我妈就嘿嘿笑，云淡风轻地说，如果是现在，就可以剖宫产啦！她成功地转移了话题，我却久久不能平静。

真的，想想二十多年后，你才突然知道，你的到来，差一点要了带给你生命的那个人的命。

我有点想哭，挂掉电话，我对朋友说，我以后要对我妈更好一点，搞得朋友莫名其妙。

我以前挺怨她的，小时候，我觉得她爱麻将胜过我。我才8岁啊，她自己去茶馆，让我做饭给妹妹吃，全家的衣服都让我去洗，洗衣桶比我还大，我觉得她简直是灰姑娘恶毒的后妈。

但那种怨挺薄弱，我没长成敏感的少女，只有孩子式的不满。初中时，十几岁的女孩子哪个不爱美？我不过是偷偷买了个眉毛钳，被她从书包里搜出来，恶狠狠地扔到门外，骂我的话令我难堪欲绝，她竟然说，这么小就这么风骚！那一刻，我真恨死她了。

她打过我，下手可真狠啊。那次，我与寄住在我们家的堂哥因为谁先盛饭这种无聊的事大打出手，两个人都有错，可她只打我。我倔强，不肯认错，她不愧是我妈，倔强比我高了个等级，一边打我一边自己痛哭。我与她冷战了好几天，很阴暗地认定，她其实就是为了表现给邻里看，瞧，我这做婶婶的，不会虐待侄儿。

哦，还有，她还犯了很多家长都爱犯的错，把我锁在箱子里的整整一箱信件，全部翻出来看光光，然后付之一炬。那是我与她最严重的一次争吵，她口口声声是为我好，高中了，应该以学业为重，写信分心！我知道她想从那么些字里行间探查出我是否早恋的蛛丝马迹，可她不知道，那些化为灰烬的信件，是我整个高中时代最珍贵的瑰宝。我不明白她为什么要这么做，她也不明白，不就是一破纸，有什么好哭的，还把眼睛哭成了核桃？

从十几岁到现在二十几岁，我与她，其实从来都没有相互明白过。但是这已经不重要了，这一点也不影响我们之间的关系，从最初的针锋

相对到如今可以在电话里废话一个多小时。

2008 年我离开长沙去贵州，她在电话里嘱咐我要好好照顾自己，我走得很潇洒。后来听姑姑说，我妈转身就给她打电话，在电话里哭了。妈妈怕我从此后留在贵州，天高地远的。其实那年她在宁波工作，可在她心里，我在就是在家乡，就离她更近。

辗转生活过两个城市，2009 年我再次回到长沙，她迫不及待地问我，以后不离开了吧？我心里其实不确定，但是我回答她说，嗯，不走啦！

在某些方面，她是典型的口是心非，每次给她买礼物问她想要什么，她总说，什么都不要啦，别浪费钱！可收到礼物又总是很开心。她总替我心疼钱，有次我陪她去买内衣，那是我们第一次一起逛内衣店。她专拣最便宜的特价款挑，我统统扔回去，让她选喜欢的。她看着价格牌直咂舌，但心里却是欢喜的。

她今年 50 岁了，却还在离家很远的城市工作，做着一份很辛苦的事。有一次因为外公生病住院，我在电话里对她痛哭，像个孩子一样撒泼威胁，说，你给我回来，回来！把工作辞了！别人的妈妈这个年纪都过得比较轻松，你让我内疚死吗……你给我回来……她吓着了，也跟着我一起哭，一边哭，一边安慰我，说没事啊，我不觉得很累的，真的真的！

除了工作的城市，她从没有去过远方。有一次，我对她说，秋天你生日的时候，我带你跟爸爸去旅游。她第一反应就是拒绝，花那个钱干啥，不去！我说，朋友送了我两套旅行卡，免费的，她立即就改了口风，这样啊，那去玩玩也好啊。

2010 年夏天我出第一本书，我去宁波看她，给她带了一本。她随意翻了翻就放下了，没有表示多大的兴趣。后来我听我妹说，只要来个人到家里串门，她都拿出那本书，跟人家说，这是我大女儿写的。更夸张的是，过年我回老家，家里那些七大姑八大婆远亲近邻，全都知道了这回事。

我觉得她啊，真是大嘴巴，可转念一想，又释然了。她把我当成她小小的骄傲，哪怕我活得并不是多么炫目。

有一次在电话里，她跟我唠叨起她同事的女儿，大学生了，来看妈妈，还让妈妈请假跑很远的车站去接人。她说，我跟同事说呀，我大女儿哦，以前也来看我，都是自己找来的，才十几岁呢，可独立了！

她语气里有着藏也藏不住的小骄傲，我也跟着不要脸地自夸，是呀是呀，她最能干啦！

我们一起哈哈大笑。

真好，妈妈，我能成为你的骄傲，哪怕很小很小。

看着他恋爱

文／肖　勤

在那个转折之前，你以为你就是他的命。无论你是那个曾经在他怀里撒娇的孩子，还是现在这个独立行走江湖、动辄挥刀拔剑的侠客，就算你都退休了，只要他还活着、还能说能听，你都是他最疼爱的人。他可以毫无忌惮地对你的伙伴们揭露你小时候尿床的糗事，揭发你在11岁时偷过他的钱，告诉他们你整整半个月每天上学路上都会买上两节甘蔗，啃得满脸沾蜜。

很小的时候你画了一棵树，树干是他，树枝是母亲，树叶是你。他看过以后，拿起铅笔给树干添上了发达的根。他说，既然是树，我就要有全世界最有力量的根，因为我要让小树叶长得比天还大。

—

小时候你还搞不懂生命的曲折进退、起承转合与变幻莫测，你怕死，莫名地哀伤，你甚至以为你会死在他和母亲的前面，因为在你眼里，你一天天在长大和变化，而他和母亲仿佛一直就那个样子。

结果走在前面的是母亲。那时候你才知道，什么叫十年生死两茫茫。

你是那么恐惧，总觉得死神天天在你身边转，等到了晚上，就带上牛头马面来接你走。

在你失眠得近乎发疯的时候，他坐下来很平静地告诉你，死神和阎王打架了，各管各的地盘，牛头马面现在还不知道归哪个领导管，所以暂时不会出来执行任务，天上一日地上一年，他们扯皮估计得等上六七天才有结果，你至少在六七年内不用担心这个问题。你听了，这才放心入睡。六七年后，你上中学，他把这事告诉你的班主任，你脸红成一团，生气地骂他，长舌妇。

他不生气，从小到大，他从没生过你的气，没打过你。

大三那年，一场"非典"把你隔离在集中观察点。

你发烧只是因为紧张，从小到大都这样。你高烧 39 度，这时他来了，他对医生说，他每天夜里都发烧，可能患上"非典"了。医生给他拍了片，说没问题。他却拿着刀片放在手腕上说有问题。我姑娘在里面，她出不来，我得进去。

医生像接力赛一样把他一级一级送进病房，最外面的医生戴着普通口罩，第二层医生穿着两件白大褂，戴着两层口罩，第三层医生穿着三件白大褂，戴了三层口罩。他穿过他们，走近你，手舞足蹈地比画着他们的区别。

你流着眼泪听他说完，用你一贯的风格恶毒地咒骂他找死，但你的体温开始逐渐恢复正常。

观察期间那七天七夜，他每天都在隔壁的房间里大声唱歌，学马三立说相声。你把头埋在被窝里，忍着肚子里爆炸开的笑。

从隔离处出来时，天空蓝得像海，你贪婪地呼吸着新鲜的空气。你知道，是他还给了你整个世界。他却说，不是的，你才是我的整个世界。

二

那年春天，你开始接触并品尝爱情，陌生忐忑却惊喜交集的味道让你甘之如饴，情人一天不在眼前，你都会画烂一张画。这时你才明白，失去母亲对你而言是失去棉被、枕头和温开水，但对他而言，却是人间最相携相伴的割舍，是心尖上的肉被割去。

你开始阅读人生，思量他在你心里的地位。你扔掉了那个让你整天提心吊胆的情人，不再当美术系的女魔头，还扎起头发，一放假就回家，烧一两道你自己吃了都会吐的菜孝敬他。

你甚至有一种想法，就这样父女俩相伴到老，如果他死了，你就把他葬在母亲墓旁，然后你大把大把地吃安眠药，躺在他俩身边。

你一直以为他这一生有你就够了，所以你大学毕业后，放弃多彩的都市生活，回到他身边，屈身在普通高中当美术老师。

一次县里组织绘画比赛，你兴奋得两眼发光，铆足劲创作完你的作品，那是你最满意的一幅画。然而你居然没有获奖，甚至连个优秀奖也没得到。

你回到家，准备好好在他面前哭一场，结果他却打电话说，他不回来吃饭。

渐渐地，他不回家吃饭的时间多了，你跟踪他，发现他居然在和你初中的班主任谈恋爱。两个白发苍苍的老人，坐在杜鹃山下的草地上，肩靠着肩，不知道在说些什么，总之两个人一会儿笑，一会儿叹息，摇头点头的，很热乎。

你又气又心酸，他想做什么？你陪在他身边，天天给他做饭，陪他散步，他还不知足吗？

你开始喝很多酒，五湖四海交朋友，你想，既然他背叛了你们的约定，你报复也是应该的。

他看着你闹腾，今天带一个男人回来，明天带一个男人回来，开头的时候他从不给人脸色，只问，我家纹纹，你喜欢她哪点？

男人们异口同声地说，喜欢她的才华。

他立即就板脸了，粗鄙地说，才华算个屁，我们纹纹心好，做菜好吃，你不知道？

男人们尴尬地笑，说是啊是啊，然后转身看着你直挤眼睛。在他们眼里，你坐在夜市跟男人拼酒，你还能高歌大家都听不懂的英文歌曲。走在大街上，谁和你一块谁就是县城的一道景。你和时尚、前卫、新潮都挨边，独独不可能与善良、贤惠挨边。

他都看在眼里，送走人后严肃地警告你说，不靠谱，不准谈。

这个不准，那个不准，你自己呢？你实在憋不住了，一句话甩过去，转身就走了。

三

听过你牛头马面故事的初中班主任开始在你家里进出。她给他买了很多新衣服，吃饭的时候她会帮他夹菜，并告诉你，哪些菜是他不能吃的，哪些菜是他得多吃的。你听着她唠叨显摆，觉得自己一无是处，这个家有了她，你可以消失了。

你也不敢很放肆，只是偶尔冷嘲热讽，比如问，老师，你的工资比我爸要高吧？比如，老师，你老公去世后，你想过他没有？

班主任从镜片下露出凌厉的目光，像当年发现你考试作弊时那样高深莫测地笑，说，省省吧。言下之意是你跟我玩什么猫腻呢？

他坐在一旁，一边喝汤，一边幸灾乐祸地笑。然后夹起一块鸡肉，细心地剥掉上面的皮。你正要把自己的碗递过去，他却把去了皮的鸡肉放进了她的碗里。

一颗心掉地上，摔八瓣了，合都合不拢。真是体贴啊，体贴到自己的闺女也不要了。既然你和他的世界中间有了裂缝，生长出另一棵树来，那你退出就是，让他谈恋爱去吧。

半年后，你考上了四川美术学院的研究生，当你犹豫不舍地把录取通知书拿到他面前时，他却淡淡一笑，说，也好，你走了，我就和你姚老师搭伴过日子，其实你在她也不习惯。

他的无情让你义无反顾踏上了西去的列车，从小到大你第一次觉得如此轻松，身无半缕牵绊。

因为抛开了他，你开始心无旁骛地思考自己的事情，用清澈的眼睛寻找和掂量，不再玩世不恭，不再游戏江湖。你变得美丽高贵，从一朵妖艳的花变成了一朵莲，并找到了你的莲池。这是一次真正的恋爱，你开始用冷静的眼光来审视自己的人生和作品。

但是老家一直没有他和班主任要结婚的消息，你打电话问他，他总说，在准备，在准备。

不过是二婚，得准备多长时间呢？你汪着泪、瘪着嘴打电话给班主任。

班主任却在那头嘻嘻笑，说上帝和如来佛祖打架了，红娘不知道自己该归谁管，等过个六七年他们分配好了，再说吧。

你放下电话，找不着东南西北，疑惑地在回忆中寻找蛛丝马迹，男友听了你的陈述，最后笑起来，轻轻拥抱你说，他在放你飞。

你明白了，那天夜里，你画了一个做梦的小孩，小孩在梦里画了一棵有很多根的大树，树上结满了苹果。

老苏的驿站

文/美 丫

到底是一个陌生的男人

要不，你把我送回舅舅家吧？

老苏低头不语，只狠狠抽烟。那短短一刻，毫不夸张，在皓然感觉中恰如一个世纪般漫长，皓然多么害怕老苏说，那好吧。

好在，老苏掐灭烟头看了皓然一眼，淡淡说，算了，留下来吧。

12岁的皓然松了一口气，感觉腿明显发软，但是并没有哭。直到老苏离开，屋子里剩下皓然自己时，他才抬起头对着妈妈的照片，眼泪流了满脸。

皓然出生后便不曾见过父亲，很小的时候妈妈将他留给姥姥，独自外出做工赚钱。姥姥和舅舅住在一起，身体又不好，常年吃药，慢慢地，舅妈脸色难看起来，动辄说难听话给姥姥和皓然听。

皓然慢慢能听懂。妈妈再回来，就求妈妈，咱们回家吧。

妈妈却只是抱紧皓然不语。再后来，皓然知道，他们没有家，妈妈在偌大的城里，拥有的只是集体宿舍的一个窄窄铺位。

但妈妈还是将皓然带走了。

于是第一次，皓然拥有了自己的家，虽然那个家里，除了妈妈，还有老苏——妈妈嫁给了她称作老苏的男人，那两间位于老街区的旧房子属于老苏。

老苏有过短暂婚史，没有孩子，开出租车。

老苏从不叫皓然的名字，而是叫他小子。小子，把烟给我拿过来；小子，去把垃圾倒了；小子，试试这双鞋子合脚不……

那次试鞋子，明显小了一点，但皓然没有说。后来还是老苏发现了，兜头给了他一巴掌，不合适不知道说吗？小鞋穿着舒服啊！

当然打得不重，皓然嗫嚅，也不太小。老苏嘟哝一句，闷葫芦！

有时妈妈也会悄悄试探劝皓然叫老苏一声爸爸。

皓然不语，"爸爸"两个字，从小就没有叫过，皓然叫不出口。或者也并不情愿，因为太清楚地知道，老苏不是爸爸。

两年后，妈妈查出乳腺癌，晚期。已经没有住院的必要，妈妈跟老苏回家，抱着皓然哭得天昏地暗。之后，妈妈没有再哭，开始每天拼命给皓然织毛衣、毛裤。也给老苏织，别的什么都不说。

处理完妈妈后事的那天晚上，皓然对老苏说了那句话，要不，你把我送回舅舅家吧？

老苏最后还是留下了皓然，却狠狠地在皓然脑袋上打了一巴掌，你小子，没准命太硬。

唯一收留他的人

皓然就这样留下来，在妈妈离开后，留在了老苏家里。

可他心里却并不踏实，常常做梦梦见那晚的情形，也做梦被老苏赶走，无家可归。

他们始终没有太多交流，因为见面的时候并不多。老苏早出晚归，开白班车时，只是回来吃晚饭。隔月，老苏开夜班车，白天皓然去上学，老苏在家里睡觉，下午皓然回来，老苏已经走了，桌上会有做好的饭菜，鸡蛋面条或者番茄炒鸡蛋。

有什么可挑剔的呢？皓然已经觉得万幸，成为孤儿却不至于流落街头。为此常常在心里感谢老苏，老苏和他一丝血缘关系都没有，却是唯一收留他的人。

皓然想，以后会回报的，等长大了，好好赚钱。而有能力回报前，皓然开始约束自己，裤子短了不吭声，把腰部用力往下拉。回家后换上拖鞋，把有洞的球鞋藏起来……

那天晚上，老苏还是察觉了，骂皓然是哑巴，然后去卧室拿出一张有妈妈名字的存折，你妈去世的时候给你留了一笔钱。小子，不是我白养活你，你花的是你妈的钱，不用过意不去。

皓然愕然，却将信将疑，妈妈会有多少钱？她从来没说过。以后，皓然照常节俭，但心里舒缓好多，也不觉得欠老苏那么多了。

老苏的家倒像个收容站

这样过了6年，皓然考上大学的时候，老苏对皓然说，又找了一个女人。

皓然愣了片刻醒悟过来，点点头说，行啊——还能说什么呢？现在，皓然可以离开这个家了，老苏也可以自由选择他的生活，他们本就是没有关系的。

你不看看就说行？老苏问。

皓然抬头看老苏一眼，忽然发现这6年，老苏明显老了，鬓角全白了，额头也有了清晰皱纹。可是老苏，也不过44岁而已。

你看行就行。皓然笑笑，心里还是难受了一下。不过这次老苏很坚持，你快走了，还是见见吧。

于是那天晚上，皓然见到老苏的女友，一个40岁左右的女人，相貌平平，衣着简朴。

皓然主动跟女人打招呼，女人笑，回头看老苏一眼，你儿子挺帅啊，比你好看。

那是。老苏拍拍皓然肩膀，青出于蓝而胜于蓝嘛，这小子也比老子有出息，名牌大学呢。

此时的皓然，已经高出老苏小半头，也度过了青春期的青涩，确实是英俊帅气。只是皓然意外，显然，老苏没有对女人说实话，没有告诉女人，他们真正的关系。

看着老苏，皓然也终究没有说出实情。

送走女人，皓然对老苏说，我看还行。老苏看皓然片刻，点头，你说行，就行了。

这样，皓然离开，去省城读大学，女人搬到了老苏那里。皓然想，老苏的家倒像个驿站，一拨一拨，不同的、没有血缘关系的人在此停留。

真的可以两清吗

大学4年，皓然只在寒假时回去，还是女人打电话催回去的，电话里也像老苏一样喊他小子，责备他，你这小子够狠心，暑假也不回来看你老爸。

皓然支吾，打工嘛。

皓然没有撒谎，他算得出来妈妈留下那张卡上的钱，并不够自己4年的大学花费，他不想花老苏的，所以自己赚一些。

回去，女人照旧把皓然当老苏的亲儿子，拉着皓然买东买西，做一堆好吃的。老苏笑说，倒是沾儿子的光了。

4年转眼过去，皓然毕业留在省城，最初的工作不是很理想，但皓然不怕吃苦，愿意从头做起。

耐得住性子，前程反倒是越来越好。皓然并不给老苏寄钱，但会买一些东西快递回去，衣服、香烟、手表……已经知道老苏的喜好甚至衣服的尺码。皓然觉得自己做这些是在偿还这些年老苏的付出，偿还一些，心里就轻松一些。

打算买房子付首付的时候，女人给皓然打了电话，说老苏疲劳驾驶，不小心开车撞了人，要赔人家两万块钱。女人说，你看能不能先借我们一点。

电话是背着老苏打的，只是皓然不太明白，两万块而已，老苏不会这点积蓄都没有吧。

现在不好揽活，份子钱又多。女人絮叨，你爸这些年赚的钱，也就只够负担你们爷儿俩的生活，又供你读了大学……

皓然忽然听不清楚了，眼前只恍惚浮现那张旧存折——这么多年怎么就没细细想过，妈妈哪里会有那么多钱？如果有，早就把他接出来了。那些钱……没错，那些钱是老苏的，只是皓然刻意回避分析这个问题。老苏不善表达，皓然又生性不主动与人亲近。总以为只是份恩情，拿物质回报后便可两清。

但真的可以两清吗？那天晚上，皓然想起和老苏一起的光阴，光阴里的点点滴滴，忽然那样想念老苏——是对亲人的那种想念，想得心疼。皓然终于知道了，老苏是自己的谁。

拨了老苏的号码，皓然说，爸，我明天回家，等我啊。

那边，老苏只是顿了一下，平静地说了一个字，好。

上锁的箱子

文／（台湾）神小风

外婆失踪了一个礼拜。

我翻遍了外婆家里所有的箱子后，才终于在最后一个箱子里找到她，简直像是幼时的躲猫猫游戏，我们小孩子最爱找个箱子躲进去，憋住气，听着外面的脚步声，咚咚咚。而如今，外婆把自己蜷曲成一个球状躺在里面，双手抱膝，像小动物一样畏缩，眼睛睁得大大地望着我，一眨一眨好像发着光。

外婆的身上总是有一种味道，不知道是什么东西混合而成的海洋气味，腥咸而浓烈，从她跨出的每一个步子蔓延开来，像是从骨头里溢出一样。"因为是从海里面活回来的！"她骄傲地一字一句强调着，"逃难，那个叫作逃难。"

每当听见这句话，我都会想起小学社会课本上的那张"台湾人民逃难图"：一群人携家带眷涉水而过，脸上全是惊恐，走在最前头的那个女人脸上是一种咬牙切齿的表情，将婴儿高举过头，水花在她脚底溅开，藏在裤管下的小腿多么粗壮。

有很多时候我是如此相信，相信那个女人其实就是我外婆，她靠着两条粗壮的腿自大陆沿岸一路啪哒啪哒这么跨过黑水沟，等从海里呼一口气爬起来的时候，骨头早就被海水给泡潮了。

或许是因为逃难的血液在骨子里不时流窜，外婆一直都像是随时做好离开的准备，习于把所有家当藏上身。而为了藏东西，外婆还不断把空箱子往家里塞。

母亲说，外婆以前就爱藏东西，瞒着外公东藏西藏。刚来台湾时，日子不好过，外婆抱着四个孩子坐在地上跟外公哭穷，脾气不好的外公咻一下出门只顾自己肚子去了。四个女儿放声大哭，外婆转了转眼睛，拍拍屁股从地上爬起来，拆掉袖子的缝线，像变魔术似的从袖子里拉出金链，出门换钱买食物去了。她总是这样藏着，藏私房钱帮女儿交学费，藏食物过年。母亲说，女人或许天生就该有这种藏匿的能力，唯有这样才能保护些什么吧。我望着母亲紧咬往事的下唇，望着望着也就沉默了。

外公去世后，外婆藏东西的天分开始发挥到自己身上。她再也不出门，任母亲说破了嘴也不听，她们都有着同样倔强的表情，紧咬下唇而皱眉，于是我们也不再去外婆家。"老欢癫！"父亲总是这样偷偷骂着外婆。

我听不懂父亲在骂些什么，我听不懂闽南语，为什么听不懂，我自己也搞不太清楚。不知道从什么时候，说闽南语这件事开始跟台湾人画上了等号。但我真的不是外省人啊！可又好像不是台湾人，那我到底是个什么？鬼吗？于是我学会变成一只沉默的鬼。

或许正是因为我太过安静了，当我悄悄地溜出学校大门把自己藏进外婆家时，没人知道。

"你是大的，还是小的？"这是外婆见到我时说的第一句话。

"大的。"我望了她一下，又加上一句，"是阿强的女儿喔！是两个女儿里面大的！还记得吗？"

我也搞不清楚外婆到底还记不记得，总之她热烈地接待了我这个外孙女，我肆无忌惮地跷脚坐上看起来快垮掉的沙发，等待外婆为我端来饮料。

"外婆，这是什么？"看着杯子里的浓绿液体，我问。

"茶啊。"

"这是茶？"我跳起来打开冰箱，迎面而来的酸臭气息让我忍不住倒退几步。我没勇气看下去，扭过头，反手在冰箱里摸索着。

"这是什么？"我从冷冻库里挖出一个像是装着调味料的罐子，湿湿冷冷的，摇一摇好像有细沙在晃动。

"那是你外公。"外婆的声音好像蚊子在叫。

"外公？为什么……要把外公放在冰箱里？"

"啊……就放着……"外婆的声音越变越小，以至于我听不清话尾了。

外婆总是说，她被锁在这个四面都是海的岛上哪里都去不得，久而久之才会骨头酸疼，尤其是快下雨的时候疼得更厉害。"那是风湿啦。"我忍不住插嘴提醒她，但外婆好像没听到似的。我想她跟我一样也不知道自己是谁，不知道自己为什么会待在这座岛上，好像怎么做都不对劲。

说也奇怪，我渐渐闻不到外婆身上那股海洋的气味了。刚开始的时候整个屋子都是那股味道，躲也躲不掉，而现在不管再怎么闻，都闻不出来了。

夜里，我被乒乒乓乓的声音吵醒，以为是小偷，开了灯却看到外婆一个人在厨房，慢慢地打开冰箱，拿出"外公"来轻轻擦拭着，很慢很专心。我安静地闭上眼，整个屋子只剩下外婆的脚步声，和不断打开又关上的冰箱开合声，咔嗒咔嗒，咔嗒咔嗒……

我消失一个礼拜之后，母亲终于出现在外婆家的门口，脸上写的已不是怒意而是倦容。她先抓着我上下打量，确定我没有缺手断腿之后，卷起袖子，狠狠将外婆家从里到外打扫了一遍。我什么也不敢说，乖乖地帮忙。外婆则缩在床一角看着她的女儿和外孙女忙碌，以及不时跳起来阻止母亲的动作。

"这个，不能丢。这也是。这个……"外婆跟小孩子一样，气鼓鼓地抢下母亲手上的纸箱。

"你留着这个干吗？"

"啊……就放着。啊……就放着啦！"

"东西放久了，就该丢。"母亲一向是强硬不认输的，一字一句说得残忍而清楚。

外婆愣了愣，看着母亲又将一个纸箱往外扔，转身气咻咻地往冰箱跑去。我望着外婆蹲下身子，深埋在冰箱里挑挑拣拣，在一堆臭掉的菜和水果礼盒掩盖下，我看见那个装着外公的瓶子。

"外婆……"

"大的，你说啊，你说。"外婆的声音闷在冰箱里，一句又一句地叨念着，"我怎么能丢，我怎么能不藏起来？这不能丢的啊……"

"嗯，我知道。"我几乎听不见自己应和的声音。

"妈。"母亲的声音清净而寒冷，像根针一样轻柔震动，"你的冰箱没插电噢，什么东西放在里面，都是臭的。"

从那天起，外婆就失踪了。

大家开始设想所有离家出走的可能性，而我知道外婆还在。

外婆在每个晚上如梦话般告诉我外公说的话，他是那样告诉外婆，不断地告诉她，所有的东西都要放着，把重要的东西藏起来就不会消失不见。外婆点点头把什么都记在心里，于是连外公，也被她藏了起来。

外婆不会离开屋子的。我打开冰箱，发现里面什么都没了，全是空的。"外公"被藏到哪里去了？我伸出手来，去掀开每一个箱子，悄悄找着外婆……

"外婆。"我望着她轻唤，外婆的眼睛睁得老大，一眨一眨好像发着光。

"你是大的，还是小的？"她看着我吐出微弱的问句。

"大的。"我努力想移动箱子，"外婆，你藏在里面做什么？"

外婆的双手紧握，好像抓着什么东西放在胸口。我轻轻伸出双手拉紧箱盖，箱子发出嘎吱声，仿佛叹息一样合上了，溢出最后的声音："啊……就放着……"我跟着那句话轻轻念叨，而一股再熟悉不过的海水腥咸味，慢慢地自脚底，一寸一寸爬上身来。

你失约了，大草筐

文／解淑平

大草筐，你愿意要我吗？

你是化妆师，你穿风衣，留长发，涂粉色的嘴唇。13 年前的暑假，爸爸妈妈带我去北京看你。你从我身边走过，暗香袭来，我只觉得晕眩，你怎么可以那么迷人？

你是爸爸最小的妹妹，爸爸说，叫姑姑。我喊，小姑姑。

你笑了，嘴角上翘，你说，姑姑就是姑姑，干吗小姑姑。我噘嘴，你才大我 15 岁。

你又笑起来，真是个可爱的小人儿。我也笑了，用头蹭你的脸。

你带我去看天安门，看故宫，你带我去吃北京小吃。你跟我说，以后考一个第一就来一次北京。我答应了。你说，答应了就得算数，咱们拉钩，否则就别见我。

你怎么就那么厉害，我一句话都不敢反抗。

有一天，我跑去你被窝里跟你腻着。你前一天烫过的头发早晨经过一夜睡眠乱作一团，我脱口而出叫你大草筐。妈妈揪住我，不准没大没小。你却说，这个名字有意思，生动贴切。从那以后，我就叫你大草筐了。

暑假结束，我们回到江南小镇。三个月后，爸爸妈妈坐车去城里买化肥时出了车祸。

爷爷奶奶、姥姥姥爷、二叔三叔，他们只是叹息，说我命苦，这么小就没了爸妈。没有谁站出来说养我。你回来了，我鼻子眼泪抹了你一身，我说，我不要去孤儿院，大草筐，你愿意要我吗？

离开小镇的时候，你还带了一个大件，身高一米三，重50斤。那年我10岁，你25岁。

大草筐，你臭毛病怎么那么多？

你说，跟我生活就要懂我的规矩：上完厕所要冲，内衣每天要换，说话不可以太大声，上学要保证考前三名……大草筐，你的臭毛病怎么那么多。

大概是看出我的不服，你厉声说，你要是想去孤儿院，我不拦着你。这话把我吓得好一阵哆嗦。你知道吗，我很怕你，可是又想亲近你。

你每天来往于各个剧组，忙到三更半夜才回来，我知道，你是为了赚更多的钱给我办理北京户口和正式的入学手续。可是长年累月下来，你的指甲缝里积存下红的黄的蓝的胭脂屑，你的手上有几缕痊愈不了的削眉笔时留下的伤。

学期末我拿了第二名，你很高兴，说是要庆祝一下。你给小宗叔叔打了电话，他好久没到我们家来了。

饭桌上还是只有我们两个人，你说小宗叔叔出差了。可我分明在电话里听到他说，Ada，以后这个小孩会给我们带来很大负担。

连你也不要我了?

我上初中了,适应了北京的生活。我愈发阳光明媚起来,你的眼角却爬出了皱纹。

初三那年,我喜欢上一个男生。我们偷偷骑了自行车去郊外放风筝,因为迷了路,晚上九点他才送我回来。你冲我大呼小叫,你看我爱理不理的样子,甩了我一个耳光。你知不知道,你来北京是来学习的! 我没时间也没钱供你谈恋爱,不想在北京,就滚回乡下去!

我真的收拾了我的东西,走出了家门。我在大街上转到 11 点,然后躲进网吧。凌晨,网吧老板把我赶出去,他大声嚷着,没钱来什么网吧!

像做梦一样,我醒了。我现在的一切都是你给的,我怎么还能跟你怄气呢! 我想通了,却不肯低头。我又在街上流浪了一天。天黑了,偶尔遇到骑单车的男人冲我吹口哨,我怕极了。

我又冷又饿。半夜 12 点,你拖着疲惫的步子上楼,看到流浪猫一样的我,你揪住我的毛衣,把我摔到门上,力气大得吓人。死哪儿去了,老娘找你半天了。

你紧紧抱着我,男朋友不要我,连你也不要我了吗? 好像是我遗弃了你,你的眼泪鼻涕抹了我一身。

你从来没在我面前哭,我吓坏了。我抱着浑身发抖的你,我发誓,我要好好读书,谈恋爱等到大学毕业再说。

大草筐,我那么崇拜你!

高二,学习压力那么大,你却让我在暑假里去麦当劳打工。一个月后,我拿到 1200 元工资,这是每天站 6 个小时换来的。

你坐在沙发上,捧着茶杯。我口气硬硬地说,我可以养活自己了,你可以放心地出国了！那时你已经成了国内名气很大的化妆师，多家公司请你到国外发展。你被茶水噎住了，郑重地对我说，别怪我心狠，路，总归是要自己走的。

我拿了你和明星的合影到学校里炫耀，你说，显摆什么，照片上的人是我，不是你。以后如果想过我这样的日子，就必须有专长能力，不然，什么都别想。

你有什么好，不就是成天给人家化妆嘛。其实，我心里不这么想，我求了你一个星期，你才答应带我去剧组看明星。

那天，剧组的人议论着什么，却又殷勤地给我糖吃。我说大草筐，你吃吗，真甜。你不理会，淡定自如地从化妆盒里拿出五颜六色的粉彩，明星在你眼前星味尽失，他们都听你的指示。

我那么崇拜你！

你失约了怎么还笑得出来呢？

我问你，为什么不出国。你轻描淡写，国外有什么好，我可不要去打工。其实，我知道，你是不放心我一个人在北京。

你看着我考上了北京电影学院，你高兴地去带我去唱KTV，你唱着唱着就哭了。我想，大概是因为孤单吧。你三十多岁了，还孑然一身。

我学的是化妆。大草筐，你知道吗，从大三下学期开始，我就给很多化妆师做过助手，现在已经有明星约我化妆了呢！

那些明星和剧组的人见到我都说相同的话，这个丫头长得怎么那么像曹Ada呢？听说，她好像有个私生女呢！以前她是带过一个小孩来过剧组呢！还有人说。我扔下手里的化妆工具，大声回应，曹Ada没有私生女，她是我姑姑。大草筐，我恨我自己当年为什么从来不叫你姑姑呢！

你为了守护着我，背上未婚妈妈的黑锅，你当时为什么不解释呢？

大草筐，你看清楚些，站在我旁边的人，就是和我一起放风筝的男孩李林，我答应过你，到大学毕业才会和他谈恋爱。今天，我大学毕业了，我带着毕业证和他来见你。我和李林站在松树环绕的墓碑前，我的泪水汹涌而至。

两年前，大草筐从香港回来，在赶往我参加化妆比赛的路上遇到了车祸，鲜血染红了她专门为我定做的参赛服装，一套粉红色的淑女系列。收拾她的遗物时，我看到医院的病案：曹 Ada，血癌，建议尽快住院手术……我这才回想起她曾经说过的话，句句用心良苦。她连让我陪她和血癌抗争到最后的机会都没给我。我看到她写好的遗嘱，所有的遗产都写了我的名字。遗嘱还写，不要怨恨家里的其他人，他们因为贫穷，不敢把你带在身边。

大草筐，你让我来到你身边，怎么又丢下我走了呢？我伸出手来，指甲缝里积存下红的黄的蓝的胭脂屑，我的手上也有几缕痊愈不了的削眉笔时留下来的伤，我从来不擦药水。我要像你一样。怀念一个人，就要变成她的样子。

大草筐，你失约了怎么还笑得出来呢？大草筐，我这就擦干眼泪，你说过，路，总归是要自己走的。

消逝于透明之中

文／纳兰妙殊

　　在朋友家读到一册绘本，上面写着：爷爷越来越透明了，他把东西藏起来让我们找，其实我们都能看得到就藏在他背后。后来他就彻底成了透明人。人们以为爷爷死了，不过有时空中会传来爷爷说话的声音，大家才知道他还活着。我姥姥死的时候，透明人当了快十年了。

　　姥姥在高寿这条路上蹒跚前行。八十了，八十五了，九十了，九十五了。每回过生日时大家都说，您老人家肯定能活过一百岁。她笑嘻嘻的，好，好，我就没皮没脸地活着，活到一百岁，真成老妖精了。

　　她死的这年九十六岁。寿则多辱。周作人晚年把这四个字刻作一枚闲章，无限沉痛。巴金说："长寿是一种惩罚。"活得越短，越没机会露出纰漏、丑态、昏聩。

　　衰老像夜晚一样徐徐降临，光并不是一下子就散尽，死神有惊人的耐心，有时他喜欢一钱一钱地凌迟。八十岁时，姥姥的食量仍是阖家之最。她独个儿住在老房子里，自己伺候一个蜂窝煤炉子，自己买菜做饭，虽是颠一对小脚，行如风摆杨柳，但还利索得很。她对大家都很有用，儿女的孩子尚小，都得靠姥姥帮忙看管。六个外孙、孙女、外孙女，都经她的手抚养。于是她是有实质的，有威信，说话一句算一句，小辈们都不敢不认真听，稍有点嬉皮笑脸，姥姥脸色一沉，扬起一只大手，"打你！"不听话者难免心头一凛，收敛起嬉皮笑脸，承认错误。

后来她越来越老了，城池一座一座失守，守军一舍一舍败退，退至膏肓之中。她不能再为家人提供帮助，只能彻底地索取，因此她逐渐透明下去，世界渐渐看不见她了。她的威严熄灭了，儿女上门的脚印逐渐稀了，孙儿辈异口同声地说工作忙，春节团聚的时候，敷衍地拎一箱牛奶，进来叫一声姥姥或奶奶，就算交差。她记忆漫漶，一个孙女站在眼前，她要把所有孙女名字都叫一遍，才牵带得出正确的那个。

然而她也不生病，生病的老太太倒会有众人环伺探望的排场。她只是没尽头似的老下去，用不存在的方式，又存了十年。她也渐渐失掉正常交流谈话的智力。与人说话，一句起，一句应，一句止，她就很满足了。有时，她想主动与人沟通，就拿手去碰触身边的人，叫着，哎，哎。脸上有点巴结地笑，郑重地问出一个问题，比如：我有点不记得，想了半天了——你今年多大？

被问的人和旁边的人对此都有默契的认识，他们面面相觑，嬉笑着，拿不认真的嗓音说，您看我多大了？她却仍是认真的，我想你是十九，还是二十？

被问的人呵呵大笑，姥姥，我都三十五啦。

然后人们继续自管自说话，不再看她，剩她独个儿咂摸那一点愕然，并陷入喃喃慨叹，哎呀，我外孙三十五了？当初我带你的时候，你整天哭，搁不下，只能一只手抱你，一只手捅炉子炒菜……

人们都同意跟她说话只要敷衍过去即可，谁让她活到这样老，老得跟世界文不对题。"衰老不是一场战争，而是一场屠杀。"菲利普·罗斯说。除非你幸运地蒙召早退，逃出这环链条。但她竟偶尔能记住一些事。几年前我有了男友，带回家，告诉她此人名字叫"楷"，小名"大楷"。这样见了几回，她居然记住这个人，却把名字错记成"大海"。

于是每次见我回去，她先很惊喜地问，咦，你回来啦？然后问，大海呢？

我多高兴她能记住他，但仍要纠正，不是大海，是大楷。她也像发现一件新鲜事，恍然大悟地哦一声，原来是大楷不是大海啊。下一句就启用新名字，大楷怎么没跟你一起回来？

念书时，我答说，他放寒假回他们家去了，说下次再来看你。过一阵，我到厨房去跟母亲说了话，或是去拿了本书再回来。她一见我，叫着我的小名，又很惊喜地说，咦，你回来啦？

接下来再问，大海呢？

我再答，他放寒假回他们家去了，说下次再来看你。

后来她的听力不太好了，人间把她又推远了一步。有时她会陷入沉思状态，陷得很深。盘腿坐着，手撑着额角，眼睛盯着墙，浑浊的眼珠停滞了。大家围坐在她旁边的沙发上，以这个行动表示孝敬。所有人当着她的面议论她，毫不避讳，也不用压低声音，就像她只是一座标本。连母亲也不例外，虽然口吻和主题大多是爱怜：瞧你们姥姥，嘴唇还是红红的，头发也没怎么白，这个岁数的老太太，哪个有这么漂亮。

过年的时候，亲戚们提着点心盒子当道具，来访查证一下，哦，老太太还真硬朗，不简单，真不简单，也就走了。

英文中有这么一种表达：Somebody is dying，某人正在死去，进行时。原来真有这么一种状态，无法再称之为活，也不是死，这便是"dying"。

生命和岁月交给她的能力，最终按原本的顺序一样一样还回去。五年前，很难出门了，用轮椅推到外面花园里，还能挽着别人的手走两步，走到池子边看人用馒头喂金鱼。后来不再出屋，不过还能从这间屋走到那间屋。再后来彻底不能行走，但还勉强能站立。再后来站起来也不能了，三年里整日只倚枕坐着，由母亲把她抱到马桶上。她的食量逐渐减少，食谱逐渐缩短，需要多费牙齿之力与肠胃之力的美味一项一项与她道别。

最后半年，她吃得像个初生婴儿，粥，牛奶，一点点肉糜。

到临终两个月，粥和牛奶亦被肠胃拒绝了，只剩了饮水，蜂蜜调制的水、糖水。再让她喝两口牛奶，下午就泻一床。她常跟母亲说，想吃肉，想吃虾。母亲铺张出一大桌，她还是摇摇头不吃了。仅余的生命力负隅顽抗，又把这座孤城苦守了两个月，直至弹尽粮绝。

最后一次回家看她，她的精神已不够把眼皮撑足。眯缝眼看我，仍笑，喊我乳名，声音又虚又小，像一片揉烂的纸条。阳光照着她，能透过去。

我拉起她的手，攥一攥，又放下，然后做了一次从没跟她做过的动作：握着她硬邦邦硌手的肩膀，嘴唇碰着她颧骨，轻轻一吻。那皮肤薄得像一层膜。

她眼皮下闪出一星欣慰和快活，低声说，哟。然后问，你回来待几天啊？

我说，明天就走，你等着我，我再来看你。她半迷蒙地一笑，代替回答。

到世上来学会的第一样本领以及丢掉的最后一样，都是：呼吸。初夏的上午，她咽下了最后一口呼吸。

亲人的来来往往

文／琴　台

一

一到过节，林一禾就头大。七大姑八大姨的关系，哪个都得打点。别人还好说，买点礼物心意到了就是了。林一禾最怵头的，是二叔那里。

平心而论，早年间，二叔对林一禾一家，也算不薄。那时候的林一禾还是高中生，老爸下岗后四处打零工，是二叔四处托关系找到一个正式接收单位。彼时的二叔，是县城某单位的一把手。

老爸有了稳定工作，一家人从此也就有了稳定的经济来源，别说父母对二叔感激涕零，就连林一禾也非常感恩。不过，林一禾从心理上并不亲近二叔一家人。

少女时代的林一禾颇有几分女文青的敏感和清高，她看不惯二婶那高高在上的官太太模样，更反感二叔在父母面前时不时流露出的大佬姿态。为此，她很少去二叔家，就连二叔家和自己相差无几的妹妹伊晨，她也很少接触。

那时候的林一禾一直提着一口气，暗暗地发愤图强。

老天不负有心人，高中毕业，林一禾考上了本省一所有名的院校，而二叔家的伊晨，分数刚刚够三本的录取线。

林一禾只以为从此自己再也不必矮人三分，可事实很残酷。伊晨三流大学毕业后，借助二叔的关系，进了一家行政单位做会计。林一禾呢，拿着一本的文凭，最终却不过进了一家朝不保夕的企业当销售。

爸妈又去求二叔帮忙。二叔二婶推辞得很干净：安排伊晨已经拼尽了全力，实在没办法了。

林一禾知道后，又羞又气了好半天。她不止气二叔二婶的虚伪势利，更气父母的糊涂。

工作不久，伊晨认识了某位官二代，二叔一家是藏不住的兴奋。尤其是二婶，只要见到林一禾妈妈，总会得意地吹嘘，女婿的房子有多大、前途有多广。

而林一禾的选择，又确实让老妈颜面无光。男友夏元是大学同学，跟随她来到故乡，工作单位还不如林一禾，家境更一般，别说汽车房子了，就是买枚钻戒，都得挑最小克拉的。

没过多久，林一禾同伊晨相继结婚。出身不同的孩子，婚礼自然也有着天壤之别。

林一禾觉得有点对不起父母。同是嫁女，爸妈和自己，透出了不少的寒酸。这份寒酸，他们自己可以不在乎，可亲戚朋友的目光，让林一禾替父母堵心。

她下了狠心要好好过日子，为父母在以后的日子争气。

二

这口气，她果然就争了。

结婚三年之后，县城里新落户了一家中外合资企业，林一禾拿着简历去面试，毫无悬念地被录用了。

有工作经验，专业又对口，还是本地人，没过两年，林一禾就升任了那家合资企业的销售部经理，年薪 6 万，还只是保底。

这样的收入，对于清水衙门的小公务员伊晨来说，绝对无法 PK。伊晨是普通科员，每月工资 2000 元，别说买名牌了，就是普通的地摊货，又能消费多少？

结婚第 5 年，林一禾生了一个大胖儿子，事业爱情双丰收。伊晨那里呢，别说怀孕了，日子都过不下去了。官二代劈腿外遇，直接去法院起诉了离婚。

为了表示关心，林一禾特意去看过一次伊晨，伊晨没说什么，倒是二婶，一脸的警戒和防备。

林一禾只能转移话题说工作，没说两句，二婶脸上泛出丝丝的冷意：合资企业工资虽然高，可到底不比行政单位的铁饭碗，旱涝保收，没有任何后顾之忧。

林一禾还没搭腔，二叔就接上了话茬，提及他的某个朋友，在合资企业走麦城的故事。

出于礼貌，林一禾勉强维持着笑意告辞。一出门，脸子立刻耷拉下来。早知道二叔二婶这样的心态，她何苦巴巴赶着送安慰。

此后，林一禾更是远离二叔一家人。不过，平常日子可以没交往，但逢年过节，基本的礼节，还是必须到。

二叔还没从一把手位置上退下来时，林一禾从不买什么贵重礼物。那时候她还没有到合资企业上班，又有攒钱买房的压力，经济实在不宽裕，林一禾每年就是两

瓶本地老酒去探望。

去年，二叔退休了，这时的林一禾房子车子都有了。有了经济实力，她特意大方了一回，花好几百买了两瓶剑南春，提着直接去了二叔那里。看到酒，二婶微微一愣，很尴尬地推辞。林一禾佯装无所谓地笑道：这是一个下属送的，您知道我又不喝酒，所以，还是拿来孝敬二叔吧。

二叔没说什么，二婶脸上红一阵白一阵，末了，横空出世一句：哟，一禾真是不简单哪，都混到有人送礼了，我看林家真是祖坟冒青烟了。

酸溜溜的冷嘲热讽，搭配冷淡的眼神，林一禾顿时又不爽了。花钱少的时候被轻视，花钱多了，还是半个好字都买不回来，好生生的，她这是何苦来哉。

三

到了今年过节，该走的亲戚全部走过。看样子，二叔那里不去老爸这一关都过不了，既然如此，索性让夏元跑一趟吧。

谁知，夏元这一去就是三个多小时，回来一汇报才知道，原来二叔二婶留侄女婿吃了晚饭才回来。看着带了几分酒意的夏元，林一禾很恼火，他倒还真实在。

夏元却道，是二叔二婶真心留客，自己推辞不得，末了又飞出一句：我觉得二叔二婶不错啊，林一禾，是不是你对他们有偏见？

林一禾气乐了，我对他们有偏见？是他们一直很过分好不好？

夏元一再地摇头：不对不对，我早就发现，也许二叔二婶有不对，但你也从心底里一直同他们较着一股子劲。

林一禾想继续争辩，哪知，夏元一歪头，睡着了。

夏元的话，像只一蹦一跳的兔子，一下下地在林一禾心里跳。

你别说，这厮还真够一针见血。仔细想想，自己的确一直窝藏着那么一股子要打败二叔一家的野心。因为这份野心，二叔风光的时候，她从不去锦上添花，到了他家败落，比如伊晨离婚，比如二叔退休，她巴巴地上门，口头上说送安慰，实际上呢，潜意识里的自己，是不是有那么一点不厚道的成分？

精明如二婶，又是那么不肯低头，所以，林一禾总是悻悻而归。

如此说来，彼此关系的僵化，她这个做侄女的，还真的脱不了干系？

夏元给离异的伊晨介绍了一个同事，家境平常的小职员，二叔二婶却非常满意。二婶看到林一禾，更是难得的亲昵：多亏你这个当姐姐的惦记着伊晨，这门亲事成了，我和你二叔也算去了块大心病。

林一禾窘迫地笑笑，这话可真让人羞愧。也就在那个瞬间，她清晰地自省，或许二叔二婶有嚣张，但自己，也绝对没将他们当亲人。二叔二婶不是圣人，自己也有凡夫俗子的毛病，既然都不是完人，干吗还过分求全责备？毕竟，无论怎样，她们也是打断骨头连着筋的一家人。

想到这里，林一禾扭头去看和老爸对坐的二叔，那一刻，她有点心酸地发现，二叔的鬓边，也有了和老爸一样的白发。

外公发明了什么

文/咪 蒙

4 岁时我和幼儿园同学吵架，他说世上最伟大的发明家是爱迪生，我说是我外公。我威胁他再胡说我就去告诉老师，他依然坚持。没见识的人真可怕。

我所有的玩具都是外公做的。用核桃和木头雕刻的会啄米的小鸡，里面还暗藏机关，想去偷米，手指就会被夹到，教我要对动物讲礼貌；用算盘珠子和铁丝，制成木偶小人，可伸缩可扭曲，我给每个小人都取了名字……每个玩具都是外公给我的高级定制。外公拿着工具敲敲打打的时候，我站在一旁观摩，一个个手工艺奇迹就在我眼皮底下发生。这个时候，有谁告诉我地球也是外公发明的，我都会信。

外公还掌管着一台神圣的机器——14 寸的黑白电视机。20 世纪 80 年代初，在我们那个封闭的小城市，谁拥有电视机，谁就是权贵阶层，统治着街坊邻居每个夜晚的娱乐生活。我家十多平方米的房间里，挤满了二十多个观众，连床上都坐了五六个。作为娱乐中心唯一的管理员，每晚我负责摆好小板凳，3 排，整整齐齐。我认字早，模仿电影院，在门口写了个公告，门票 5 角。

结果没人理我。

外公像一颗恒星，长期居于离电视开关最近的位置。大家沉醉于《霍元甲》、《再向虎山行》、《上海滩》等时髦港剧中，外公一脸自得，仿佛这些电视剧是他拍的。有时候电视机出问题，他淡定地拧拧这、拨拨那，电视机就听话地正常运行了——这些事儿，爱迪生做得到吗？

有一天，我告诉外公，同学说世界上还有超级大的电视，19寸呢，屏幕上人的眼睛有鸡蛋那么大。

过了两天，外公把我叫过去，宣布了一个重要消息，明天我们也能看19寸的电视了。太让人期待了！

第二天，我从幼儿园放学回来，挨家挨户通知街坊邻居，我家也有大电视了！当晚来了30多个观众，邻居上大学的张姐姐为了坐得靠前点儿，塞给我两颗酒心巧克力。

晚上7点，人都到齐了，电视机还是原来那台，我有点儿急了，催促外公，赶紧把大电视搬出来呀。外公依旧很笃定。

5分钟后，在大家的集体凝视中，我家电视机发生了巨大的变化。它的前面，放了个跟屏幕一样大的放大镜。这样，一开电视，图像就出现一定程度的扩散。从视觉效果上说，约等于19寸。

当晚是《陈真》最后一集，大家看得如痴如醉，除了屏幕边缘的图像有点儿变形，一切都很完美。

我兴奋地想，如果在电视机前多装几层放大镜，我们家就能开电影院了，必须把门票涨到1块！

可没过多久，来我家看电视的人越来越少了。一楼赵爷爷家买了台大彩电，成为新的娱乐中心，每晚听到他家的笑闹声，我都心痒痒的。要不要去赵爷爷家看电视呢？感觉有点儿背叛外公，我很挣扎。

外公问我，你也想看彩色电视？我拼命点头。

三天之后，我家电视机也迎来了彩色的时代。它的屏幕被蒙上一层彩色塑料纸，上中下分别是红黄蓝三色。那段时间，我心目中的港星，脸蛋永远是红的，上衣永远是黄的，下装永远是蓝的。

后来，我也看到了真正的彩电。外公常带我去市中心的录像厅，看香港武打片。录像厅里什么人都有，杀猪的、小混混、纺织工人……我和外公这一老一少的搭配倒不常见。外公不喜欢动刀动枪的戏码，作为手工达人，他崇尚殴打中的手工感，认为只有用拳头打才是真正的功夫。有一天，他回家即兴用木头做了个李小龙的木偶，手脚都能动，邻居哥哥借去玩迄今没还，我恨他一辈子。

每次从录像厅出来，我们爷孙俩一边讨论武打招式，一边晃晃悠悠去一家很有名的包子店买包子。外公建议我在包子的肚子上挖个洞，灌一勺辣椒油进去，吃起来特别过瘾。我以为这是通行世界的吃包子的方法，后来才发现，这是外公的独家发明。

上了小学，美术课上我画了条蓝色的金鱼，老师打了"×"，说金鱼不可能是蓝色的。我很难过，回家问外公，外公说，她见过全世界所有的金鱼吗？几年前我在金鱼展上看到两种蓝色的金鱼，蓝狮头和蓝蝶尾，那一刻，我很想念外公。

初中历史老师讲到三国时期，狂骂曹操大奸大恶，可我记得外公说过，曹操即使是坏，也坏得光明磊落。有一次我们在院子里乘凉，外公给我念曹操的诗，我一直记得那四句，"日月之行，若出其中；星汉灿烂，若出其里"。我猜测，老师应该没看过《三国志》。想跟外公讨论这件事，却开不了口——他进了医院，肺气肿晚期。

两天之后，中午放学回家，外公的尸体躺在院子里。生和死，就这样统一在一起。他穿着平常最喜欢的中山装，神色平静，像随时准备醒来。我摸摸他的额头，还有温度。我在他的衣兜里翻找，看有没有给我写点儿什么话。

什么都没有。

头一次，我恨上了他，为什么不发明一种死得慢点儿的方法？

如今他去世多年了，留给我的后遗症却一直存在：喜欢吃包子猛灌辣椒油，喜欢质疑标准答案，喜欢看徒手打斗的戏码。他发明了很多玩具，发明了放大电视的方法，也发明了部分的我。

漫　长

文／周嘉宁

现在想来，我奶奶用了近乎 20 年的时间来接受死亡。

上海在 20 世纪 80 年代末 90 年代初的时候，有过一场很严重的肝炎流行病，我奶奶也被传染上了肝炎。那时，爷爷刚去世不久，她病了很长一段时间。我不知道那场病会不会消解掉一些她失去丈夫的痛苦。

等她出院以后，直到她在 2007 年冬天去世，都没有再与我们一起吃过饭。

刚开始，她还与我们坐在一个饭桌上，不过是用自己的碗筷，坐得远远的，让爸爸夹菜给她，绝对不直接碰桌上的食物。那时候，她变得非常小心翼翼，脸上常常带着惊恐的表情，像是病菌已经长期在她的身体里种下来，再也不离开。她是个非常非常善良的人，总是提醒旁人她得过肝炎，也唯恐把病再传染给了他人。她甚至不太愿意让我坐她坐过的椅子，那也是一把专门的椅子，她每天坐在上面看报纸。等到傍晚 4 点钟，她会站起身来，先把整栋楼的楼梯全部都拖一遍，再拎着一只铅桶，去弄堂里捡垃圾。她捡垃圾也不为了卖钱，而是真的把地上的脏东西都捡起来，分几次去隔壁弄堂的垃圾桶里扔掉。

再后来，她就不再与我们一起吃饭了。那时候我们还住在老房子里，我与爸爸妈妈一起挤在楼下一间 30 平方米左右的房间里，奶奶独自住在亭子间。她开始写日记。她写日记的劲头非常猛，常常从醒来到睡过去，都在写。在生过几次病以后，她就不再去外面捡垃圾了，也很少下楼。有时候下午趁我爸爸妈妈不在，她会来敲门，向我讨支圆珠笔芯，或者是讨一沓用过的草稿纸，那多半是她写到一半，纸笔用完了。不知道为什么，她仿佛从来不问我的爸爸妈妈要这些东西，甚至故意要避开他们似的。

自从她开始写日记，就渐渐变得日夜颠倒。常常清晨的时候她还醒着，又会一觉睡到傍晚，四五点钟把午饭热一热吃掉，等到晚上 10 点再吃晚饭，完全生活在了我们的平行世界里，像是我们家里的一个幽灵。

现在有时，我也会在傍晚醒来。在傍晚醒来被列在我人生绝望词典的前几名，特别是在那些天黑得特别早的冬日里，醒来以后像是生活彻底失重一般，觉得一切都难以继续。我难免会在这样的时刻想起我的奶奶，想起她在人生最后的那很多年间，面对过许多这样的时刻，每每想起，我心里都黑暗一片。

过年有亲戚来我家里，开玩笑地问她是不是在写回忆录。她向来内向害羞，面对这样的问题，只能用手捂起脸来笑笑。有一次，我偷偷看过她的日记。她的字迹很潦草，难以分辨。细细看来，她写的是每天在电视新闻里看到了些什么，领导人发表了什么讲话，主持人穿了什么颜色的衣服，她还会在旁边标注一下说：裙子很漂亮。然后她会写到在弄堂里遇到了隔壁邻居家的谁，说了些什么话。中午妈妈为她准备了哪些菜，一样样地写出来，不忘加一句说，媳妇很贤惠，午饭的营养都很好。她也写到我，写我每天晚上都上楼给她送水果吃，写我的考试成绩。

总之就是这样的日常生活，写得她背越来越弯，时间以圆珠笔芯递减的速度流逝。那些写过的纸和本子被捆起来塞进床底下，像是把消磨时光的日常生活也都全部打包起来。

之后她的身体变得很差，我去念大学了，家里也没有人能够时刻看护她，于是爸爸决定把她送去养老院。走的那天，她整理好衣物，安静而羞

怯地坐在床边，这是她向来的神情，总是担忧打扰到别人，尽量隐匿掉自己的存在。等到车子来接她的时候，她突然鼓起勇气问我爸爸说，日记怎么办呢？就这样放在屋子里，不会被其他人看到吧？我站在旁边，心里咯噔一下，差点哭出来。

她那么敏感、纤细、孤独、胆小，这漫长的 20 年间，难得几次与我走在马路上时，都要紧紧地拽住我的袖子。所以我真的不知道，她的内心是怎么去面对死亡的。家里人对她的照顾向来很好，但在很多个冬天，我看到她穿着棉袄，缩手缩脚地坐在窗边，旁边是一盆正要冒出花苞的水仙，脸上依然是那种害羞的神情，混杂着一些忧愁。许多家里人都说她看起来不老，这些年里并没有什么变化，但我觉得她眼里的某种光芒在渐渐消逝，家里人却都没有看到似的。

自从她去了养老院，就迅速地衰老，变成了一个真正的老人，或者说一个真正在等待着死亡的人。就好像她身体里的那根橡皮筋也松掉了，她总是茫然地躺在那儿，也不太跟旁边的人说话。

我最后一次看到奶奶，是在 2007 年的夏天。我沿着充满消毒水气味的走廊走去她的房间，她不在，我又转头去走廊里找。过了一会儿，才看到她坐在走廊里，旁边有几个老人在聊天，她仿佛在听，但却又扭头看着其他地方。不知道是谁帮她剪的头发，非常短，像个男人。

那天她看到我，从一个皱巴巴的塑料袋里掏出一片柚子给我吃。我告诉她我要去北京了，她听得不是很清楚，反正那时我也常常要出远门的，所以她大概只当我是去某个地方玩一会儿，很快就回来。

她握着我的手，说，你是最好的。我说我不好。

她也没有听清楚，她又说了一次，你是最好的。

她去世的那天，我在北京，接到家里人打来的电话。我挂掉电话以后独自坐在家里发呆，眼睁睁地看着外面的天色暗下去。天黑以后，有朋友叫我出去吃饺子，那天大概是冬至吧。

朋友给我讲了个笑话，一点都不好笑啊，他把一张纸巾撕来撕去，贴在脸上假装是猪八戒。我喝得有点儿多了，就看着他大笑起来，大笑带来了剧烈的情绪失控，一会儿我就转为大哭了。

那天我始终在哭，一直到深夜。我想起和奶奶住在一起的最后那段日子，我也常常熬夜到凌晨，两点或者三点的时候，奶奶会从她的房间里走出来。若是看到灯还亮着，她就走过来看看我。我总是对着电脑在玩游戏，屏幕莹莹发光。她不是很明白外面的世界已经变成什么样子，还以为我一直在做作业。于是她站在旁边看一会儿，然后说一句，做功课不要做得那么晚。其实，那时我早就不需要在半夜里做功课了。

我想，奶奶是与我一样的人，孤独怎么吞噬掉她，以后也会怎么吞噬掉我，甚至我不知道，自己是否能像她一样，在漫长的接近 20 年的时间里独自面对死亡慢慢地到来。

这个过程实在过于漫长了。

告 别

文 / 白的的

一

家里打来电话，说奶奶又摔了一跤。

奶奶老了，虽然她一直不承认自己的年纪。

这个矮个子女人，嘴硬，脾气硬。她没读过书，没有什么正式工作，却在爷爷长年外出工作的情况下，独自养大了四个孩子。我的堂弟一出生就患上顽疾，也是她一直带着看病，大家都放弃了，她也不死心，直到堂弟死去。

"我不要"、"我不吃"、"我很好"，是她的口头禅。能干、骄傲、执拗，她总是自有主意。

小时候，她喜欢去学校看我上课。有时是刚从秦皇岛回来，背着她那个人造革大包，里面放着好看的贝壳。有时她手放在口袋里，笑眯眯地站在教室外的走廊。等我下课，她从口袋里掏出大面额零花钱。我成绩好，她扬扬得意。

80岁的时候，她来北京看我，走路不肯让人搀，非说自己身体好，"好得很"。好不容易把她哄去看医生，终被确认血糖、血压极高。医生看着她肿得老高的右腿，不相信她带着这条腿过了几十年，怎么说得出"我很好"。

我坐在回家的火车上，心里回放着这些串不起来的细节，直到那时，才发现自己的粗心：我是记得她总腿疼，可从没想起掀开裤腿看看，那条正在疼着的腿，到底是什么样子。我记得她穿哪件衣服站在走廊里，记得她送我哪些形态各异的好看贝壳，却从来没问起过，她累不累，从哪里回来，一路情况如何。

我居然想不起，最后一次见到奶奶，是怎样告的别。

二

我一直以为，告别不会那么快到来。

之前见到尚算健康的奶奶，是今年春节。那时我们说服她从县城搬到市里，和儿女们同住。叔伯们各自发表意见，一轮说完，奶奶不言语，转头看我。

我是她的长孙女，全家人都知道，奶奶只用一个词形容对我的态度——"信重"。

我蹲下来，握着她的双手，说："跟我走吧。"

没有预兆地，奶奶突然就哭了，大颗大颗的泪珠从她垂着的脸上，摔在我手背上，啪啪作响。全屋人都愣住，挤不出话来。

奶奶决定搬到市里，跟我近了 80 公里。

可是，"信重"又如何，我既无法陪在她身边，也没有能力照顾她的起居。春节过后，只得辞行，去 800 公里以外的北京。

然后，我一头扎进那些当时所谓重要、现在也想不起来的事情里，模糊了告别的细节，再也想不起最后一次看见奶奶，她是怎样站着看我转身。就像以往的每一次告别一样，想着都会再见，所以未曾留心。

春寒未过，家里传来消息，说奶奶"摔了个跟头"，"中了个小风"。电话里说，奶奶担心我因为回家耽误事，让我不用回。

我不放心，还是找了机会回去看奶奶。

中风让她不能再站起来，只能坐在轮椅上，右手不能握筷子，吃饭也用左手，抓着，放进嘴里。我是突然到家的，她先是惊喜，然后着急、懊恼，不肯再吃饭。

"我老了，不中用了。"她瘪着嘴，声音低低的。

那是我绝不服老、不服输的奶奶！我几乎是咬着牙把眼泪忍了回去，挤出笑脸说：哪有，生个小病，很快会好的。

天知道病痛是怎样折磨和消耗着一个人，让她改变。奶奶变得异常听话，只听我的话。她一眼一眼地看着我，我却不敢像她看我那样，用看一眼少一眼的勇气看她，不忍心离开她的视线，放任自己大哭一场。

走的时候，我嘱咐她好好锻炼，嘱咐她多晒太阳，把她满头白发捋成个"莫西干头"的造型，逗她呵呵笑，命令她坐在我旁边，陪我对付一篮菠菜，我择菜，她端篮。这些细节，我都还记得。

却不记得是怎样地离开了她身边，回到奔流琐碎的生活中。

我是选择性忘记吗？因为我不敢回头看她的样子，也不敢前望她的未来。我知道老了总是如此，我和她的告别迟早会来。我想阻止其发生，但注定无法胜利。

冬天初寒的时候，奶奶又一次摔倒。这是她第二次中风所致，导致盆骨骨折，从此只能躺着，病重时一度不认人，至今无法说话。

消息封锁得严，我也没发现异常。等他们告诉我，并且没再拦着我回家时，她已经好转，能够认人了。我要回去，有亲戚疑惑："现在，不是还没到最后呢吗？"

我明白，这次出发，是要去面对告别。

三

这一次看见奶奶，她很瘦，瘦到完全不是记忆中的样子。因为中风，她无法说话，能发出的明确音节只有一个"不"，算是靠近她以前的倔强风格。

这个矮个子女人就那样蜷缩在碎花白被子里，仰头看着身边的人，用眼神表达那种惧怕和求助，表达绝望。我去看她，并不想哭，只是像很多年前她在教室外走廊上看着我的眼神一样，温柔地看她，像看一个孩子。

她马上认出我来，先是满脸惊喜，张开嘴巴想说话，但发出的音节混沌一团，连不成句子。于是，张着的嘴里，从无声到哑哑地，发出哭腔。

还是可以交流的。我伸手摸着她的脸，她委屈地看我，张嘴还想说话。我学着她的腔调说："你是想说，你来啦？"她努力从泪水里睁开眼睛，点点头。"你还想说，我生病了。"她先是点头，很快又委屈得想哭。"没事，我来啦，生病了难受吧，想哭，就哭出来吧。"

她的眼泪肆无忌惮地横过瘦脸，滚滚洇湿枕巾，我也任由眼泪流出来。管他什么自矜和骄傲，管他什么尊严和过往，所有一切，只有每个人自己承受，除此之外的任何一个人，都不明白那种身在其中的感受，那些挣扎和努力，又有什么资格劝别人不要哭，不要害怕？

哭了一会儿，她渐渐平静下来，那样目不转睛地看我。

我也目不转睛地看她。目光一一拂过脸上的每一处，看见她眼睛里的光亮。

我和奶奶这次告别，并不繁复。能够待在家的每一天，我都去看她。有时候我们"聊天"深入一点儿，我会告诉她，痛苦是一个过程。我告诉她，我也会老，每个人都会老，你经历的，我也会经历和承受。我告诉她，我已经明白，很多事情来了，就去面对。

她会凝神看着我，张着发不出声音的嘴。我想，她是懂的。

走的那一天去看她，我亲亲她的额头、鼻子、左脸、右脸，然后悄悄告诉她，我会好好的，奶奶也要好好的，奶奶很勇敢，我也会的。

这一次，我的记忆完全打开，记下所有画面、气味、声音。然后，把它们都存在心里，转身离开。

就像他们说的，这次见面甚至不一定是奶奶的最后一面，可是我不能错过。奶奶老了以后，我开始明白，人生和自我都不是用来战胜，而是用来相处的。面对她的老去，我们的别离，我更学到，如果一定要离开生命中的一部分，哪怕只是暂别，也应该好好地、妥当地记住，感受那些和生命相连的细节，珍惜它们。

告别，是为了出发。

代表母亲保护你

文／岑　桑

一

我有个舅舅，比母亲小 6 岁。平时喜欢穿淡蓝衬衫，深蓝裤子。母亲说，他从小想当飞行员，但身上有疤，没能通过。

父亲一直不太喜欢舅舅，经常对我说："你以后千万别学你舅，一辈子不务正业。"在我的记忆里，舅舅一直单身，没有正式工作，每周总有几天来我家蹭饭。父亲当然不会给他好脸色看，但碍于妈妈，不好直说。

可是当时觉得，舅舅是有别于其他长辈的长辈，可以听得懂"代表月亮消灭你"（日本漫画《美少女战士》里面的对白）等傻话，还会带我去动物园或是游乐场。

我 15 岁时，母亲查出了肝癌，两年后去世。临终前，她对父亲说，她这辈子只有两个人放心不下，一个是我，一个是舅舅。

那时我正值高三，成绩一落千丈。一个周末，父亲拿着我的成绩单，大发雷霆。我从没见他发过那样大的脾气，砸了家里的花瓶和水壶。

刚好那天舅舅来了。他看着一地的碎片，大概就明白发生了什么。他把我推回房间，对父亲说："你要是心里郁闷，找我来，要骂要打都

可以，但是小雨是我姐留下的，请你对她好一点。"

那一天，父亲摔门走了，舅舅才来敲我的门。我从卧室出来，看着他和母亲酷似的脸，突然就委屈地哭起来。

舅舅说："你爸都走了，还哭什么？"我说："以后你要常来，要不然我受不了他。""好……"舅舅忽然学着美少女的标准动作说，"我代表你妈保护你。"我看着他扭捏的姿态，破涕为笑。

二

我如愿考上了外地的大学。很少能见到舅舅，听父亲说，舅舅打工去了。

大一那年春节，他从外地回来看我们。他做了一家电视台的外聘记者。听起来，这是个很不错的职业，可父亲依然不待见他。父亲说："就是一编外狗仔，有什么好的。"舅舅笑嘻嘻地说："你说得对，我就是一狗崽儿。"

私下里，我问他："我爸讽刺你，你干吗还承认啊？"舅舅揉了揉我的头发说："傻瓜，老男人嘴碎，难得见面，就让他唠叨尽兴吧。"

许多年后，回想起来，父亲真的就在那一年老了。母亲离世，我外出求学，原本一个热闹的家突然就冷清了。而我因为大学的精彩，慢慢摆脱了心情的阴霾。舅舅先我察觉到父亲的郁结，他给父亲买了电脑，教他上网。父亲这个老古董，对其嗤之以鼻。舅舅说："你不喜欢啊，有这个，你可以天天看见女儿。"父亲一听，刻苦钻研的精神来了。

后来，我对舅舅说："你疯了，我好不容易自由，你还教他看住我。"舅舅反问我："你们宿舍几个人啊？""6个。""可你老爸的宿舍，就他一个。"

说完他就看电视去了，而我却被他的一句话刺得心疼。

因为舅舅，我与父亲的视频坚持了很久。大三那年，父亲换灯管时不小心摔下来。他在电话里随意说了下，我也没太在意，只是后来不再视频了。暑假回家我才知道，父亲那次摔坏了坐骨神经，下肢瘫痪了。

我看见父亲坐在轮椅上的样子，震惊得说不出话来。曾经一个高大的男人，竟有点老人的样子了，而舅舅竟然辞职回来了。

我埋怨他："怎么不和我说呢？"舅舅说："和你说有什么用，你能回来照顾你爸吗？"

这时，父亲说要小便，舅舅熟练地抱起父亲上厕所。关门时，我听见父亲说："你把我推进来，我自己行的。"舅舅却不在意地说："怕丢脸啊？你自己来要是栽到马桶里，那才真丢脸呢。"我听着两个从前互不待见的男人变得"相亲相爱"、"默契有加"，心里有种说不出的感觉。

晚上，我一个人坐在阳台上纳凉。一直压在心底的悲哀，一瞬间涌了上来。母亲不在了，父亲又瘫痪，自己大学还没毕业，真不知道要面对怎样的未来。

舅舅照顾父亲睡下后，过来陪我说话。我依在他肩头，低声哭了。舅舅说："有我呢，你哭什么。"我擦擦眼泪说："我爸病了，应该是我照顾他。"舅舅说："你个孩子能照顾什么呢。我和你爸有多年的深厚感情，当然是我来了。"我叹了口气说："他连上厕所都要你帮，一定很难吧？""上厕所倒还行，就是伺候他睡觉比较奇怪。"舅舅做出一副夸张的羞涩表情说，"一个大男人给另一个大男人脱衣服，感觉好难为情呢。"我扑哧一声，被他逗笑了。

舅舅搂过我的肩膀说："这才对嘛。你要记住，不论人还是命运，谁想要你难看，你就要还他笑脸，要不然他们就得逞了。"

舅舅的脸上，也已爬上细小的皱纹，但他的眼睛里却浮动着欣欣向荣的力量。

三

毕业后，父亲要我留在老家考公务员，可我却更向往自由、有挑战性的工作。

父亲指责我好高骛远，我鄙视他无勇无谋。在这场拉锯战中，舅舅当然站在我这一方。记得争论最凶的一次，父亲突然指着舅舅说："我们家的事，你掺和什么，你混了一辈子没出息！你有什么资格指导小雨！"舅舅大概没想到父亲会说出这样的话。他愣了一下，说："我代表我姐投一票。她临死前托付我说，小雨从今往后就没有妈妈了，所以不论怎样，我都支持她。"

父亲一瞬间哑了，因为母亲是他永远的死穴。我终于达成了自己的愿望，去北京打拼事业。临走前舅舅来送我。我问他，母亲临终前真的那样说过？舅舅沉默了一会儿说："你妈那么善良，一定早就投胎重新做人了吧。"我有点不明白，他笑嘻嘻地说："要是没投胎，听到我打着她的旗号胡编乱造，晚上会不会来掐死我呢？"我看着他的表情，哈哈地笑出声来。

舅舅拿出手机给我拍了张照片，发到我的手机上说："记住这个表情啊，以后在外面不论多难，都不要忘了微笑。"

人生能遇到一个鼓励你追求梦想的长辈是多么的不易，我想也许这个特别的舅舅，是上天夺走我母亲后给我的补偿。

2013年，我成为一家广告公司的项目经理，舅舅则成了家乡小有名气的婚礼主持。因为他风趣又灵活，新人都喜欢找他做司仪。春节时，我回家看他和父亲，他的日程表排得满满的。父亲总是央求舅舅带着他，美其名曰帮他打下手。

一下飞机，我就跑到婚礼现场。舅舅穿着西装，站在台上，妙语连珠，逗得满场笑声不断。

我坐在台下，对父亲说起不久前的一件小事。我说："爸，前几天，我碰到舅舅以前的同事了，当年舅舅可以在电视台转正的，可他却辞职了。"父亲好像一点不惊讶，他说："你舅舅有一次和我喝酒说起过，他说他不回来，就得你回来。他算了一下，他的未来比你的短好多年，让你回来管我，太不划算了。"

这就是我的舅舅吧，总是用各种玩笑承负着生活给予他的不公平。他教会我在命运前，始终保有一份乐观向上的勇气。此时，他站在台上，声情并茂地对一对新人说："将来，你们会有欢乐，也有困难，但你们一定记住今天的微笑，你们要保持下去，直到永远，永远……"

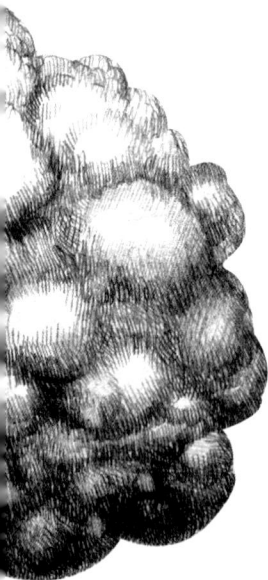

雀斑姑娘

文/花　溪

天哪，雀斑不会传染吧

我叫程甲甲。

不过我马上就不姓程了，因为我妈和我爸离婚了，于是让我跟着她改姓杜。

虽然我觉得其实程甲甲比杜甲甲好听，但还是点头答应。我妈于是一把将我抱住，很煽情地流泪说："甲甲，我的乖女儿。"

第二天乖女儿就被她送去了 H 省的姥姥家，然后见到了杜薇薇——杜薇薇是我舅舅的女儿。当天，杜薇薇打量了我许久，眼神警戒地问我："你就是我表姐程甲甲？"

我犹豫了一下，纠正她："杜甲甲。"

她神色古怪地盯着我的脸，突然说："你鼻子太塌了，嘴巴太小了，脸上还长雀斑了。"说着，想起什么似的突然夸张地从我面前跳开，大叫一声，"天哪，雀斑不会传染吧！"

眼神很是嫌弃。

我摸摸脸，真为脸上的雀斑而羞愧。

外婆让我和杜薇薇睡一张床，杜薇薇立即表示抗议，直到外婆把扫把举起来追着她跑了三圈，我才得以把东西搬进她的房间。

当晚，杜薇薇就给了我一个大下马威。外婆家的床是老式的板床，两头都有床靠，杜薇薇就在床两头粘上挂钩，拴上一条线，叫三八线，规定我不许越过去。

我很好奇越过去会怎样，结果被她一脚踢中了腿肚子，疼了两天。

我第一次见那么白净漂亮的女孩那么凶！

你在给谁写信啊

我插班到了杜薇薇班里，和她同桌。念初一。

她照例在桌子上画了三八线，哦，错了，是四六线，她六我四。

我很满意，因为本来预料是三七分呢。

上学的第二天，我发现了杜薇薇的一个秘密。她上课几乎从来不听讲，而是一直在偷偷地写信。我斜过身子，飞快地往信纸上瞟了一眼，看到了信的开头，"亲爱的 ××"，我心突地一跳，天哪，杜薇薇谈恋爱啦！

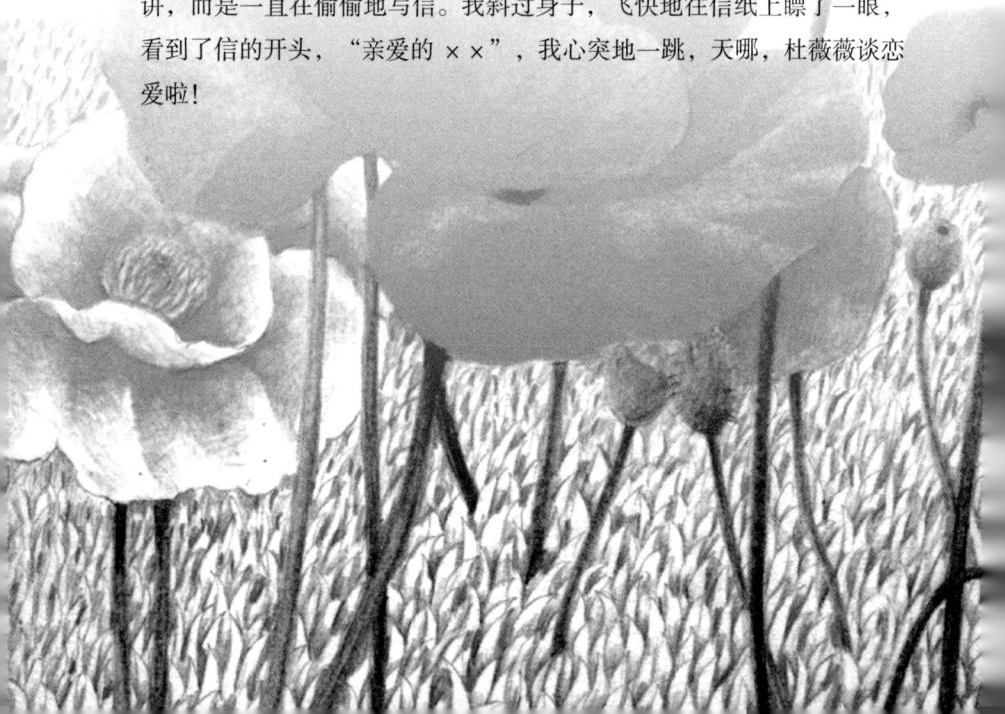

可奇怪的是，我一直都没抓到信里那个"亲爱的"某某是谁，我越发好奇，她的信是写给哪个男生的，他帅不帅，和杜薇薇配不配。

"喂！"杜薇薇发现我在偷看，狠狠地瞪我，"再偷看晚上不准睡我的床！"

杜薇薇的日常表情和情绪很稳定，除了不苟言笑和凶巴巴之外就是对我瞪眼。很少看到她笑，当然，也没看到过她哭，直到我妈第一次来看我。

那是我来姥姥家的一个月后。妈妈带了大包小包的好吃的，跑过来一把将我搂住，眼泪顿时哗啦啦地往下淌。

我正想安慰安慰她，却听见杜薇薇在背后小小的哽咽声。我慌忙走过去拉起她的手，问她怎么了。杜薇薇没说话，将我推开，径直走了出去。然后我听见妈妈叹了口气问外婆："她爸妈一直都没回来吗？"

我这才想起，来这里之后，我从没见到过舅舅舅妈。我只知道舅舅是一名海员，常年在外，舅妈在外地工作，一年也难得回家几趟。

良久，外婆也叹了口气。

你还讨厌我吗

日子如白驹过隙，我和杜薇薇从初一升到初二。

杜薇薇语文太差，指着试卷上"白驹过隙"四个字问我："这怎么造句？"

我想了想说："你瞪我的日子如白驹过隙，一去不复返。"

杜薇薇狠狠瞪了我一眼，"你在我家到底要赖到什么时候才走？"

我于是打电话问我妈，她支吾了半晌，说："甲甲，再等等好吗？等妈妈安顿好了就接你回来。"

我对杜薇薇说："我还要在这里住一段时间，以后床你占十分之六，我占十分之四好了。"

杜薇薇"呸"了我一声，鄙夷道："亏你还是数学尖子，连我都知道分子分母要约分，是五分之三和五分之二，笨蛋！"

我妈来看我的次数渐渐少了，从开始的一月一次，到现在的半年都没来。我很失落，但意外又开心的是，杜薇薇对我终于没那么凶了。初二结束的时候，她终于取消了床上和桌上的三八线。

我好奇地问为什么，她冷冰冰地说："因为你和我一样可怜，爹不要妈不爱。"

"才不是，我妈工作忙而已！"

杜薇薇嗤笑一声，很鄙夷地看我："傻子！你妈已经结婚并且都怀孕了，我听见她亲口跟我奶奶说的！"

后来我妈再来的时候，果真肚子挺起来了。我不愿同她说话，但终究不忍心。

"对不起，甲甲。"我妈哭得脸上的妆都花了，"我还没告诉你继父你的事情，他一直以为我离了婚没带孩子……等妈妈生下小弟弟后，就告诉他，然后接你回去。"

我不知道我妈说的这个期限是多长，但后来也不很在意了，她好不容易重新拥有了幸福的家，也许我最好不去打扰她的生活。

我和杜薇薇升入初三，算来我俩一张床睡了三年，同一个课桌坐了三年。

"杜薇薇，你还讨厌我吗？"我问她。

杜薇薇抬头看了我一眼，嘲讽地说："你脸上的雀斑又多了，你说呢？"我无语。

中途杜薇薇曾向班主任申请和我分开坐，因为我总是打扰她写信。班主任沉思了一下，问我："你想和杜薇薇坐一起吗？"

我瞟了一眼杜薇薇，然后坚定地点了点头，"想。"

杜薇薇震惊地看着我，目光很鄙视，大概是觉得我怎么能这么死皮赖脸呢……

听说我妈生了个小弟弟，她很少来看我了，我的亲人只有外婆和杜薇薇了。虽然外婆老了，不会给我那么周到细致的疼爱，虽然杜薇薇总是嫌弃我打击我，但我想和她们在一起。

我们回去吧

中考的前一个月，舅舅回来了，这是我记事起第一次见他。接着，在外市工作的舅妈也回来了。刚见面他们就吵架了，吵得很凶。

杜薇薇趴在卧室床上，用被子紧紧蒙着头不愿听，我手足无措，笨拙地安慰她："喂，别哭了。"杜薇薇哭得更伤心了。

当天舅妈就走了。

第二天，天蒙蒙亮时，我听见杜薇薇起身，穿着睡衣就往外跑。我急忙爬起来追上去。"爸爸！"杜薇薇边追着一辆出租车跑边喊着，哭得歇斯底里。

出租车终于停下来，舅舅从里面出来。"爸……"杜薇薇扑上去一把抱住他，泣不成声。

"薇薇。"舅舅声音颤抖，摩挲着杜薇薇的脸，眼泪奔涌而出。

舅舅还是走了，他的假期只有三天，来回路上就需要两天。

出租车消失在视线里，清晨的风吹得杜薇薇的睡裙飘起来，我觉得她一定很冷，于是拉了拉她，"回去吧。"

杜薇薇眼泪扑簌簌落下，她说："杜甲甲，我有一种感觉，我这辈子都见不到我爸了。"

一朵云一朵云地找你

舅舅走时，在离婚协议书上签了名。舅妈回来将协议书拿走后，再也没出现过。协议书上舅舅加了一条，要求舅妈抚养杜薇薇，被外婆划掉了，六十多岁的老太太很硬气地说："我都养这么多年了，再养几年也没什么，你们姐妹俩，他们不愿养，我都养！"

我想逗杜薇薇开心，于是讲了一个蹩脚的笑话，我说："杜薇薇，我们现在成了一条绳子上的蚂蚱了。"杜薇薇立即"呸"了我一口，"你才是蚂蚱！你从头到脚都像蚂蚱！"

舅舅舅妈离婚后，杜薇薇像变了个人似的，乖张暴躁，穿夸张的衣服和饰品，就像那些在校外游荡的混混女孩。

那天临睡前，我严肃地对杜薇薇说："马上就中考了，你得好好学习……"

杜薇薇正在涂指甲油，眼皮都没抬，"那又怎样？"说完突然凑到我耳边，神秘一笑，"杜甲甲，我恋爱了。"

我"啊"一声，警觉道："是谁？"

她白我一眼，"你觉得我会傻到告诉你吗？"

"不会。"我想了想，又忍不住道，"马上就要中考了，你得好好学习……"

"你烦不烦？"她放下指甲油，往床上一躺，"别给我说这个，我要听故事。"

我给杜薇薇讲了一个故事，说有个天真的小女孩，问妈妈人死了会去哪里，妈妈说，人死了会去天上变成一朵云。小女孩说等将来自己死了后就上天去找妈妈。

"可是天上那么多云，你怎么找我呢？"妈妈问小女孩。

小女孩说："我会一朵云一朵云地敲门问，'你是我的妈妈吗？'你要是听到了，就应我一声。"

杜薇薇听完把脸埋在被子里，半天没说话。

"杜薇薇？"我推了推她。

"什么？"她声音闷闷的。

我说："马上就要中考了，你得好好学习……"然后被她一脚踹下了床。

中考很快结束，我考上了市重点中学，杜薇薇的成绩却只够上中专。开学那天，我和杜薇薇去各自的学校报到，舅舅打电话来询问杜薇薇的考试情况，杜薇薇握着话筒，最终没有说话。

"我一定让爸爸很失望。"晚上，杜薇薇躺在我旁边，喃喃自语。

"杜薇薇，和那个男的分手吧。"我说。

杜薇薇睫毛颤了颤，没说话。

我们永远陪着你

杜薇薇和那男生分手的那天，注定终生难忘。

那天是周五，我在家边做作业边哼着小曲，电话响了，是舅舅的海员同事打来的，他说，是杜××的家属吗，杜××同志遇难了……

我的心猛一震。不记得是怎样听完电话的了，只记得挂掉电话我飞一般奔出门。

我去学校找杜薇薇，她同桌告诉我，她去看男朋友了。我慌忙赶去那男生所在的高中。刚进校门，就看见主教学楼前围了一堆人，我听见人堆里传出杜薇薇的叫骂声。

杜薇薇站在楼梯上，正揪着那男生激烈地打骂，而男生背后护着另一个女生。

原来杜薇薇去附近的高中找这男生，不巧却撞到他正和别的女生手挽手。

"杜薇薇！"我拉住快要发狂的她，"舅舅出事了！"

杜薇薇身体一下子僵了，转过身来疑惑地看我，"什么？"

"舅舅……遇难了。"

杜薇薇愣愣地看着我，忽然眼睛一闭，直直从楼梯上滚下来。

她的头摔破了，脑袋上缝了好几针。她一醒过来，眼泪就止不住往下淌，她说："杜甲甲，快扶我起来，我去给我爸打电话。"

我眼泪吧嗒吧嗒往下掉，说："杜薇薇，别伤心，你还有我和外婆呢，我们永远陪着你。"

她没说话，闭上眼，很安静地流眼泪。

我最亲的亲人

舅舅的葬礼上，我看到了杜薇薇曾经一封接一封写的那些"情书"——原来每一封信的开头都是"亲爱的爸爸"。

"从我上学起，他就出海了，有时候一两年才回来一次，我很想他，却从来不知道他的地址，他总是在海上漂，收不到我的信。"杜薇薇把那些信烧在了舅舅的墓碑前。

我妈带着我的新弟弟来了，她说："甲甲，我已经跟你继父说好了，接你回去。"

我拒绝了。我说过，我最好的方式是不打扰。

杜薇薇去医院拆绷带时，突然问我："杜甲甲，如果那天我从楼梯上摔下来死了怎么办？"

我沉思一下，"那你是去天上还是下地狱呢？"

她踹我一脚，"你脸上的雀斑又多了！"

我摸摸被踹的腿肚子委屈地说："那就去天上好了，到时候你就变成云。"

她安静下来，似乎想到了什么。我继续说："等我死后，就去天上找你，一朵云一朵云地敲门问，喂，你是不是杜薇薇？"

如果你听到了，一定要答应我一声——我最亲的亲人，最爱的妹妹。

因为你不懂

文／亮　亮

听朋友说了一个故事，很感动。从前，在一个兵马倥偬、硝烟漫天的战乱时代，有一对令人称羡的情侣，但男生在迫于无奈下，被征召去前线作战了。在那个交通不是很便利的时代，只能靠书信来往。男生一星期写一封信给女生。女生接到信的时候，总是喜悦又仔细地读着，幸福的光彩满溢脸庞。

女生的好姊妹看到了，以为是浪漫又感人的美丽情书，很好奇跟她要了信来看，却发现信里的内容一点都不浪漫，没有甜言蜜语，也没有风花雪月的字句。每一次的信件内容都是硬邦邦地报告他这星期军队又来到哪一座山了，有多少敌人，沿途经过了什么。女生的好姊妹十分失望，"这男生真的爱你吗？一点爱意都没有的信啊……"

女生却微笑了，"这才是真正的情书。你想想看，他在连生命都难以保全的厮杀战争里面，却愿意从性命夹缝间挤出时间，一个字一个字、不厌其烦地、写了好几页的信，报告他的生活给我听。如果不是因为对我的深爱，他写不出这样的信的。他的情书，只有我才读得懂。"

原来大部分的时候，对方其实是爱着我们的，只是遗憾的是，我们读不懂。他们努力地罗列、编织了一些密码告诉我们："我爱你。"但需要一些时间（可能很长）、需要一些历练（也许还没经历到），我们才会具备这项"解码能力"。

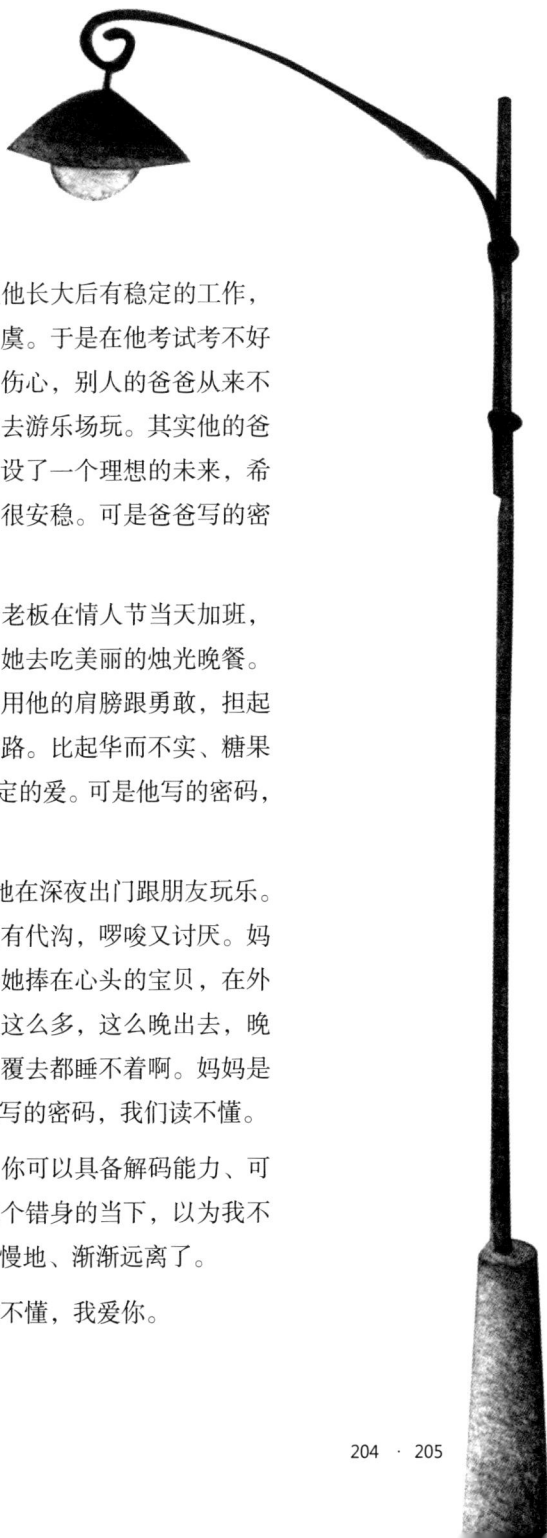

爸爸好爱他的小孩，希望他长大后有稳定的工作，可以过得很幸福，并且衣食无虞。于是在他考试考不好的时候，打他、骂他。孩子好伤心，别人的爸爸从来不会打自己的小孩，还常常带他去游乐场玩。其实他的爸爸好爱他，已经为他预想、铺设了一个理想的未来，希望他的心肝宝贝以后可以过得很安稳。可是爸爸写的密码，小孩读不懂。

情侣吵架了。男孩奉命于老板在情人节当天加班，女孩埋怨男孩不在乎她，不带她去吃美丽的烛光晚餐。其实男孩深爱着女孩，他想要用他的肩膀跟勇敢，担起一切，为长久的未来与责任铺路。比起华而不实、糖果般的承诺，男孩的心是真正坚定的爱。可是他写的密码，女孩读不懂。

妈妈好爱她的女儿，不让她在深夜出门跟朋友玩乐。女孩生气了：妈妈真的是跟我有代沟，啰唆又讨厌。妈妈的心在滴血，她是多么担心她捧在心头的宝贝，在外面有一点点的闪失。外面坏人这么多，这么晚出去，晚上女儿还没回来，她怎么翻来覆去都睡不着啊。妈妈是全世界最爱我们的人，可是她写的密码，我们读不懂。

我多么希望在此时此刻，你可以具备解码能力、可以读懂我的爱啊。你在我们这个错身的当下，以为我不爱你，于是就擦身而过了，缓慢地、渐渐远离了。

只是因为你不懂啊。你读不懂，我爱你。

乱世佳人

文/于 秀

60 岁的老太太吴秀花再嫁的竟是 20 岁时的初恋情人朱恒生，而那个娶吴老太的男人是台湾回来的老兵，当时已经 68 岁了。

"我找到了他，要他带我走"

我跟他呀，实际上是从小一块长大的。当时我们家在上海的乡下有两家缫丝厂，他父亲是我们家的账房先生，一个蛮和气的老头儿。

他 15 岁就不读书了，整天跟着他父亲帮我家收账，出货，跑腿，当了伙计。

我那时才 7 岁，刚刚读了点书，有时候他没事就拉着我到处跑，教我背古诗，画画儿，我们俩就这么在乡下待了 8 年。

我是 16 岁被父亲送到上海读女校的，他那时已经 24 岁，已经说好一家的姑娘，可他偏偏要到上海来。于是，那个冬天我放学的时候就看到他远远地在墙角等着我。

那时候他在上海一家绸缎庄帮人做事，业余时间自己还在读书，我感觉他是个蛮有志气的男孩子，对他的好感也一天天增加。

那时，他穿着长袍的瘦长身体走起路来晃晃悠悠的，在夕阳下特别可怜。

读了两年书，我父亲就急着给我找人家定亲，我跟父亲吵翻了天，从家里跑了出来。

我找到了他，要他带我走，随便什么地方，只要跟他在一起。可他一再地劝我先回家，说我们家对他家有恩，他不能做这种拐人家女儿跑的事。

我说："是我要跟着你跑的，你不是喜欢我吗？那你为什么不敢带我走？"

为了让我在他那儿吃上一顿饱饭，他把棉袍都拿出去当了。

到了我们家，父亲把他堵在门外骂个不停，我看着他含着泪默默地回头走了，瘦瘦的身影一晃一晃的，很长。

19 岁那年，我嫁人，艰难地走过了那些年。1981 年，正当我们的日子好起来的时候，老伴突然得了肺癌，在医院只住了三个月便走了。

身边空得慌，我回了趟老家。

那是 1988 年吧。在老家待了 8 天，村里有个老人听说我回来了，赶来看我，一进门他就问我，还记不记得恒生？

老人说："吴家大小姐，恒生现在在台湾，40 年前他跟部队过去的，他托人找你。你这次回来，最好能留一个确切的信儿。"

我想了想，只是问了问他在台湾好不好，没有留下地址。

回到上海，我突然有些后悔。

"我找吴秀花女士"

1989 年的中秋节，儿子带着媳妇和孙子都到我屋里过节。

那天晚上，有人敲门，儿媳妇去开门，却站在走廊里直喊，说是找我的。

一个瘦瘦高高的老头儿站在我的门前，西装革履的挺精神，只是头发已经雪白雪白，整齐地梳向后边，脸上还架着副眼镜。

我端详了半天，实在不知道这老头儿是谁。

老头儿有些不好意思，低声说："我找吴秀花女士，想来没有找错，我刚刚从台湾来的。"

我明白了八九分，感到有些意外，可又觉得好像终究会有这么一天，他会找到我。

我说："你……你是恒生……大哥？"

要不是儿媳妇在场，我差点要叫他恒生哥。

我不知道他从哪儿知道我的地址，在人海茫茫的大上海找一个人并不容易。

可你当初怎么会到台湾去呢？我问他。

当时，我从你们家门口走掉以后，就没有再回绸缎庄，在码头上东游西逛打点零工，勉强混口饭吃。

一天，我送一个军官太太和她的两个孩子到头等舱，可没等我离开，船就鸣笛起锚了，一个国民党军官拽着我手腕，把我带到了底舱，就这样我被带到了台湾。

到台湾后，我被编进了部队，到后来做到后勤部主任，1981 年退役时我已经 60 岁了。

很多人劝我在台湾成个家。可我觉得台湾不是我想来的地方，再说我一直没有忘记过你。

我一个人挨了过来。陪我的就是你小的时候穿破的一双袜子。那是你因为破了扔在我们家的，我把它收了起来。

恒生真的把那双袜子拿了出来，那是一双上面有粉红蝴蝶结的白布袜子。

"恒生躺在床上已经去了"

我和恒生两个人，经历了这么长时间的折磨，40 年啊，人能活几个 40 年？可恒生他就整整等了我 40 年。

他说他有一次在台北看到一个女人特别像我，他就跟着人家，一路走到人家家里去，那个女人的丈夫出来差点揍他一顿。

后来，他有了钱，有许多女人来找他，喜欢他的老实、忠厚，可他不肯，他说他有老婆，在大陆的上海等着他呢。

后来我们在新开发的澳门路小区里买了一套三居室的房子，恒生说多一间卧室等孩子们轮流回来住些日子方便。

因为在台湾孤独了那么久，恒生特别喜欢热闹。

我们再成家以后，恒生真的像变了一个人，他陪着我去新、马、泰、香港旅游，还送了我一只玉镯子，他说："我年轻的时候什么都想买给你，可是我没有钱。在台湾的时候，我有了钱，可是又看不到你。"

我们自从见了面便光顾着高兴，可那天买完这个镯子，我哭了。

有些东西是钱换不来的，有些东西是拿一辈子的时间换来的。

1998 年 6 月，恒生早晨起来说自己心脏不舒服。我说你先躺着，我买回小菜来喊儿子开车过来陪你到医院看看。

可是，等我回来，恒生躺在床上已经去了，他脸上很平静，看样子没受什么痛苦。

后来，医生说他是大面积的心血管破裂，心肌梗死，猝然死去。

贺加米得加肉

文／苏　平

　　贺加米的瘦那是真的瘦，浑身没几两肉似的，走起路来晃晃摇摇，摇摇晃晃，任谁和他在一起都会想在他腋下搀一把，扶他一下。也难怪学生暗地里叫他贺加肉，意思是说加米已经来不及了，得赶快补肉才行。

　　贺加米有一个烟斗，很大，铜质的，整天含在嘴里，但里面从来没烟，他不吸烟。贺加米的脸形窄而且长，典型的马脸，很有"去年一滴相思泪，今年尚未流到头"的意思，平时开玩笑时，有人就说："贺教授，你的脸全是被这个烟斗拉长的吧。"贺教授也风趣，说："去年十八，今年二十。"

　　贺加米是教音乐的。说来，你也许不信，就这么一个孬样的，往讲台上一站，仿佛一下子变了个人，精气神十足，"哆来咪发唆啦西多"从他嘴里蹦出来，一个是一个，没半个像软蛋。贺加米指挥乐队或者合唱的时候，烟斗就是他的指挥棒，挥动起来，别有风味。贺加米当然会弹钢琴，他的手指比他的脸还长，十个指头往琴键上一放，不弹，光看着就是那么的妥帖，那么的和谐。有人常说："饱食终何用，难全不吃肉。"接着后面还会补一句："要是天天听老贺弹琴，那不吃也无妨。"有时，同学不想去吃饭或者去得晚了，另外的同学就会说："听加肉弹过琴了？"说的是绰号，语气也很戏谑，可分明全是对贺教授琴艺的钦佩。

　　贺教授喜欢整几盅，两三要好的朋友或者相熟的同学，围成一圈，一盆花生米，就着农家的土烧就干上了，如果有一盆钱湖丝螺，那就更妙了。喝到兴处，贺教授会即兴地唱起来，曲词全是现谱的，脱口就来。一次，贺教授和几个同学玩得尽兴，连要了四盆丝螺，数斤土烧，和着调子把我们大学里八个有个性的教授全唱了一遍，"陶先来，帆布袋，电影票随手来；伊不夹，大脑袋，出手不凡口难开……怪，怪，怪！"有同学不知是事前有备，还是机缘巧合，把这些唱段全录了下来，不几天，这歌全校广为流传，经久不衰。贺教授除了这种即兴表演，他还喜欢走乡串村为小老百姓表演。贺教授走到哪儿，哪儿就有热切的眼光，崇拜他的人多了，这很正常。可是有一天，贺教授感到了异样，那双大眼睛里喷射出来的炽热，一下子就灼伤了他。他的记忆突然就连贯了起来，许多时日，这双眼睛其实一直在追着他。

她是他的学生，还在校的学生。她说："我爱上了他，非他不嫁。"贺加米笑了。他甚至用那双弹琴的手摸了摸她的头，说："孩子，别乱说。"贺加米真的可以做她的父亲，他都快到耳顺之年了。可是她很固执，她把表白书贴到了学校的公告栏。她说："我要照顾他一辈子。"事情迅速在全校传开，竟然全是支持她的声音。贺加米一直是孤身一人，他的妻子过早离世。"怎么我们就没想到嫁给他，然后照顾他一辈子呢？"有的女生在支持她的同时，竟然还这么叹息。

贺加米当然不会同意。她一急，爬上了六层高的教学楼的楼顶。学校的领导无奈，找贺加米谈话，有撮合他们的意思。领导说："两相情愿，合法合理，再说贺教授你也应该有个人来照顾你的生活。"贺加米闻言，拍桌而起，说："于礼何在？于情何在？难道我们忍心去害一个姑娘，那可是一辈子的事。"

她还是被贺加米带走了。贺加米把她带到了乡下，那里几间小屋，几座孤坟，几棵老树。贺加米什么都没说，吹起大烟斗，呜呜咽咽，咽咽呜呜，如泣如诉，如诉似泣。大烟斗竟是一管箫。日暮时候，起风了，苏轼的《江城子》从箫里流出来，"十年生死两茫茫，不思量，自难忘。

千里孤坟，无处话凄凉……"吹完了，贺加米指了指其中的一座孤坟。她明白了，泪无声地从她的眼里落下来。

她成了贺加米的干女儿。现在她还时常领着一家人去看他。后来一次聚会，有人提出，让贺加米再吹奏一下那首凄美绝伦的《江城子》，可是贺加米说："忘了。"

四病区的老伴

文／温　沁

昨夜 10 时许，南下的寒潮将窗户吹得呼呼作响，暗淡的灯光下四病区的 11 号病房里却显得很温暖，74 岁的张秀芹吃力地将老伴挪到凳子上帮助他起夜。

早晨 5 点起床，然后到晚上 10 点休息，每天晚上两三次起夜，一切围着老伴转，这几乎是张秀芹这 20 年的全部生活。

20 年前，陈中祥突发脑梗引起半身不遂，整个右半身完全瘫痪，后又相继并发心脏病、糖尿病，一年前被诊断出患有严重结肠癌和轻微老年抑郁症，彻底丧失自理能力。

由于病情加重，一年前张秀芹把老伴送进了医院。"被子、衣服、轮椅、折叠床、坐便器全套都齐了。"张秀芹整日陪着老伴做检查、接受治疗，喂饭喂药擦洗身子从不假手他人，"不放心别人照顾，老头子的习惯只有我知道，每个月三四千的护理费也太贵了，还不如省下来买点营养品给他吃。"在她的照料下，起初被专家会诊断言只能活 6 个月的陈中祥已经坚持了一年多。"我不嫌累，他已经赚了半年，值！"

每日 5 点多张秀芹就起床，给老伴擦洗身体，秋冬季还不忘抹护肤霜，"擦擦香香皮肤才不会干燥。"她像哄小孩子般对老伴说，因为老伴不喜欢腿上黏糊糊的感觉，有时候会像孩子一样闹，让原本吃力的张秀芹更加困难。

"他气管不好，喝水容易呛着，每天得吃两次水果泥补充水分。"其实一年前医生就建议给陈中祥插上食管，喂食药物和流食，但张秀芹坚决不同意，"灌流食好可怜，也尝不到饭菜的滋味，反正我每天有时间喂他，他胃口好还能多吃点。他爱吃饺子，每次医院送饺子来，他能吃完一份呢，末了还会剩两个不肯吃，让我也尝尝。"老伴每天像孩子一样黏着张秀芹，每次她出去打饭或者上厕所，不在陈中祥视线内的时候，他便会不安地大叫起来："她去哪啦？去哪啦？""年轻时他不是这样，在家里说一不二，我还得听他的。"

几乎每天傍晚，张秀芹会推着老伴离开病房出去走走。每次看见张秀芹从墙角推出轮椅，陈中祥就像小孩子一样开心，笑眯眯地看着她。但每次把他从床上抱到轮椅上要花很大力气，有时候搞不好会两人一起跌倒在地上。"这就没办法啦，我只有爬起来叫护士来帮忙。"张秀芹有时也会叹息，说如果老伴身体好，他们现在应该一起上老年大学学唱歌画画，一起出去旅游。

幸福就是两个人在一起，已经 50 年，不离不弃。有比爱情更坚固的情感，有比婚姻更宏伟的殿堂，50 年的光阴，青丝转成白发，不变的是真情。

生命之门

文／秦珍子

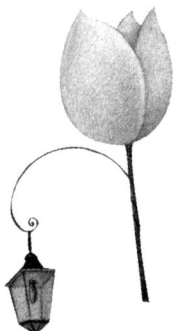

　　那注定是一个震惊全球的早上。当地时间 2012 年 12 月 14 日上午 9 时 30 分，美国康涅狄格州桑迪·胡克小学的校长道恩正和同事们聚集在会议室里，教学楼里忽然传来孩子们的尖叫。短暂的寂静之后，"砰！砰！砰！"的枪声持续传来。

　　听到枪声，道恩校长和学校心理咨询师玛丽立刻向走廊冲去。这时，一名身着黑色军服、防弹衣，荷枪实弹的男子，已经从学校大门进入主楼。枪手不断扣动扳机，与道恩和玛丽在走廊相遇。

　　冲在最前面的道恩，径直扑向走廊尽头的大门，想赶在枪手之前，关上那扇通往教室的门。但她还没来得及拧紧门闩，就倒在枪口之下。跟着倒下的，是心理咨询师玛丽。

　　那注定是一扇道恩用生命也无法关上的大门。在这个本应平凡如常的星期五早上，20 岁的亚当·兰扎在桑迪·胡克小学枪杀了 20 名小学生和 6 名教职员，并在警车赶来时饮弹自尽。

　　当维多利亚的妹妹卡丽接到警方打来的电话时，她痛苦地哭了出来。警方称，维多利亚被发现时已经中枪身亡。这位 27 岁的姑娘背对着一面壁橱，面朝着凶手的枪口。警察打开壁橱，里面全是孩子，他们得救了。

　　原来，一年级教师维多利亚一听到枪声，马上把孩子们藏进了壁橱。

当枪手闯进教室时，她挡在壁橱前，镇定地对枪手谎称道，学生们在体育馆里。凶手扣动了扳机，维多利亚的身体，成了阻挡子弹射向孩子的最后一道屏障。

尚未成家的维多利亚，非常爱她的学生，她总是说，"我的孩子们"。每天下班回家，都会向家人说起他们的趣闻，那些被她称为"天使们"的学生，总是能给她的脸上带来笑容。

而当道恩校长的朋友们听说她在危险关头冲在最前面时，没有表现出丝毫惊讶。在朋友和邻居的心目中，"她实在太爱学校和学生了"。

这位47岁的女校长，有两个孩子和一个幸福的家庭。但这次为了更多的孩子，她最终和自己的家人永别。道恩做的最后一项工作，是打开全校皆可听见的广播，为全校师生传送警报。

心理咨询师玛丽是遇难者中年龄最长的一位。这位56岁的女性，常常被身边的人们形容为"善良"和"在乎学生"。除了学校的心理咨询工作，玛丽还一直致力于帮助灾难中的幸存者进行心理康复。

听到枪声后，音乐教师凯特琳立即把班上所有的孩子们都藏进了洗手间。她拖来一座沉重的书架，靠在洗手间门上。

"我爱你们。"凯特琳一遍遍对孩子们说。随后，她让学生们安静下来，告诉他们"坏人在外面，要等待好人来救援"。一旦某个孩子害怕地哭起来，她便笑着告诉他们："别怕，我会空手道，能为你们打出一条路来！"

和遇难的维多利亚一样，玛丽罗斯也把自己和15个孩子藏进了壁橱。她和孩子们静静地待在一起，挽着手，拥抱着。当枪手在外面拍门，大声叫喊"让我进去"时，谁也没有发出惊叫和呼喊。

助理图书馆管理员玛丽安把18个一年级孩子带进了电脑控制室里。她拖来档案柜挡住门，并告诉孩子们那只是一场演习。

事实上，就在今年，桑迪·胡克小学开展了一项安全计划。包括应对摁响门铃的陌生人、通过监视器处理来访者信息等项目。针对"危机反应"，老师们还进行了一系列他们从未想过会真正用上的训练。而在历史上，这所小学也一直很重视学生们的安全演习。

如果没有那些勇敢的老师和多年来反复的安全演习，死亡人数也许会更多。

在这个血腥的星期五，没有放学铃声宣告一天的结束，取而代之的，是桑迪·胡克寂静街道上回荡的警笛。这一天，3位女教师为保护学生勇敢地献出了自己的生命。

"今天逝去的大多数是孩子——5到10岁的天真烂漫的孩子。他们原本还有漫长的人生路要走，要过很多回生日、要毕业、结婚、然后有自己的孩子。同样殉身的还有教师——无论性别，他们为帮助我们的孩子实现梦想献出了生命。"美国总统奥巴马在发表讲话时数度落泪。

谢谢你能活下来

文／[韩] 韩飞野　译／千太阳

在比库岔村更远的村子里，状况非常糟糕，那里蔓延的不仅是饥饿，还有肺结核。4岁的萨伊德和8个月大的阿都就是其中的两个，当时我们看到这种情况，立即就把已经失去意识的两个孩子用车送到了最近的治疗室。经过一系列检测，医生凝重地对我们说："太晚了，我不敢向你们保证这两个孩子会活下来。"

是的，医生是不能随便做出保证的。但我们是紧急救援人员，对我们来说生命只有两个状态：死了的或者是活着的。正在死去或没有多大生还希望在我们的词典里是不存在的。直到孩子断气的那一刻，在此之前，竭尽全力去抢救他们就是我们的职责。

为了给孩子提供不间断的营养，我们队分成了4个组，每隔两个小时给孩子喂一次营养粥。我们会掐醒时常失去意识的萨伊德，用勺子喂给他一些营养粥。而对于连咽粥的力气都没有的阿都，我们则强行掰开他的嘴去喂他，虽然有时连努力都是徒然，但我们不会放弃。我们绝不轻易放弃对生命的拯救。

两周之后，有一天给萨伊德喂粥的时候，我突然看到了他那微张的双眼间流露出的希望之光，那可是一直无力的只会看天花板的眼睛啊……我高兴万分，冲他笑了一下，而他也笑了起来。天哪！终于活过来了！那一瞬间我的心脏都快跳出来了，"谢谢你，萨伊德。谢谢你能活下来。"

不是医生的我们竟然救活了这个孩子。我们既没有给萨伊德做复杂的手术，也没有用到昂贵的治疗仪器，我们所做的只是每两个小时给他喂营养粥而已。由面粉、豆粉、盐、砂糖混合起来的营养粥，一周的费用仅为10美元。在紧急救援现场，有时只需10美元，就能使处身危难的人们得以重生。

同一天被送进来的阿都的情况却有些不妙，难道是因为他太小了？我们喂的东西他会如数吐出来，而且还总拉肚子。在屁股上打预防针时他也没有感觉似的，只是眨几下眼睛。他应该哭出来，大声地哭出来，因为知道疼的孩子成活率会比较高。如果这种状况继续下去，那可就不好了，而且时间已经过去了两周……

离开的那天，我又来到了阿都身边。孩子的身体看起来仍然没有太大起色，心疼得我用手轻轻地抚摸着他的小脸蛋，但就在那一瞬间，孩子竟然用他的小手抓住了我的一根手指，然后用嘴用力地咬了一下。虽然手指有如被针刺似的疼，但我的内心却欣喜异常。这个只长了两颗牙的孩子像是在对我说："请不要担心我，我现在有的是力气。"看着手上留下的那道很浅的痕迹，我的泪水禁不住流了下来。

我乘坐的巴基斯坦飞机正飞过兴都库什山脉，这山脉就像屏风一样环绕着阿富汗，在午后太阳的照射下，整个山脉金碧辉煌。然而谁能想到，在这美丽的群山之后，发生的竟是持久的战争、彻骨的饥饿以及对人权的无情践踏。

有些人是为了发动战争而越过这些山脉，也有些人是为了救死扶伤而越过这些山脉。这两种人都在进行着自己的战争。一边是真正的战争，而另一边是救援的战争。战线不同，却都在以生命为代价进行着战斗。

在我到阿富汗前，有人曾在电子邮件中对我说，即使拼死拼活地救援，又能救活多少人呢，能救活十分之一的人吗？的确，这话没有错，每当我想到这句话时也会有些泄气，但我同时又会想起另一个故事。

住在海边的渔夫，每天早晨都会把冲到海滩上的海星扔回大海里，从而让它们得以重生。有人笑话他说："海边搁浅的海星有那么多，你这样做能救活几只呢？"

渔夫回答道："对于被我扔回海里的海星来说，它捡回了唯一的一条命。"

这正是我的信念，也是全世界救援人员的信念。

三个男孩的眼睛

文／杨立平

6月的香格里拉，藏族男孩定珠，闻到了轻风送来的青草气息和花朵绽放时的美妙香气，却无法看到这一切。

定珠的家，就在香格里拉大山深处一个村落里。两岁那年的冬天，村子里施工，小定珠用小手扑打工地上的石灰玩，扬起的石灰粉扑进他的双眼，孩子疼得在地上号叫打滚。父母抱住孩子流泪，却一筹莫展，大雪封住了下山的所有通道。当漫长的冬天过去时，小定珠已经无法看到这个世界了。

直到2012年春天。

定珠14岁了。几个公益人士将他接到几十里地外的一所慈善学校。老师领着定珠去了昆明的眼科医院，医生告诉老师，定珠的右眼眼珠没有医治价值了，左眼若是接受角膜移植手术，还有复明的希望。

而此时，浙江省海盐县14岁男孩夏梦伟，生命已经进入倒计时。

2011年10月3日，13岁的夏梦伟出现视力模糊等症状，经医院检查，他患了脑干胶质瘤。因病灶在脑干不能动手术，只能做化疗。然而，他却无法抵挡病魔逼近的脚步。

之前，夏爸爸给儿子读电脑中的新闻。那时，儿子还听得到声音，也能说出简单的词语。

中东的战火，美国校园的枪击案，世界某个角落的飓风，一个中国女孩即将死去，她捐出了自己的角膜——

"我也捐！"

父亲扭头看他，怀疑自己是不是听错了。

"我也捐。"饱受病痛摧残的男孩，面容一片平静。

2012年6月13日晚上，一条微博发布在浙江公益网上：

"海盐13岁男孩夏梦伟今天早上6点心跳停止，于上午9点捐出了透亮完好的角膜。小梦伟是个懂事的孩子，父母愿意将儿子的角膜捐给一位盲孩子，有这样合适的盲童吗？"

6月14日晚9时许，千里之外的香格里拉，女校长看到了这条微博，她兴奋起来，让学校老师吴帆马上联系发帖的浙江省角膜器官遗体捐献协调员来强荣。

吴帆跟夏爸爸沟通了定珠的情况，定珠的身世打动了夏爸爸。他说，把梦伟的角膜给他一片吧，他会复明的。

6月19日，眼科医生将小梦伟的一片角膜移植给小定珠，只有0.5克重量的角膜，通透无瑕，晶莹剔透。

还有一片角膜，谁将得到它？

浙江省龙泉市20岁的小叶成为幸运儿。

就这样，小梦伟走后，哀伤的父亲多出了两个孩子：香格里拉的定珠，龙泉的小叶。父亲的情感奇妙地转移到素不相识的两个孩子身上，他们的命运深深地萦系着一颗父亲的心。

天冷了，夏爸爸惦记着高原的孩子冷不冷，会不会冻着，他跟妻子奔去商场，千挑万选，买了一件厚厚的羽绒服寄往高原。逢年过节，另一个孩子小叶会给他打来问候的电话，当电话里传来小叶的声音时，夏爸爸双目湿润……

2013年农历新年的第一天，夏爸爸出发去看望那个叫小叶的孩子。

下午两点多，他们终于到了。白皙、帅气的小叶迎了上来。此刻，小叶的眼睛里洒满了新春细碎的阳光。夏爸爸在那双眼睛里恍惚看到儿子的影子，儿子迎向他，张开了双臂——投进夏爸爸怀里的，却是小叶高大结实的身体。夏爸爸抱紧小叶，两个人相拥痛哭。

此时的香格里拉，小定珠正跟一个男孩对峙。那个平时呆坐在大石上一动不动的忧郁男孩不见了，他像牦牛犊儿，被高原太阳晒得浑身黝黑，一只独眼目光"凶狠"，盯视着"敌人"，突然，他向前猛冲过去，脚下腾起一阵烟尘。两个男孩很快扭打在一起。

雪山沉静、天空湛蓝。湖泊如高原的眼睛，注视着周围的一草一木。

那是藏族孩子的眼睛，那是汉族孩子的眼睛。

与一只狐狸的博弈

文／祖克慰

1981 年的初冬，下过一场大雪，村里出了一桩怪事。一只狐狸，火一样的狐狸，在村子里出没。火狐额头上有一片白色的毛，村里人说："那是妖狐。"

那只狐狸出现在谁家，谁家就要出点事。狐狸最先出现在老张家，傍晚时分，刚刚点上的煤油灯被狐狸撞翻，张家的三间草房眨眼间被烧个精光。两天后，狐狸又去了乔家，乔家老太太在院子里晒太阳，看见狐狸一溜火红，眼一黑，蹬蹬腿，没了气。

乔老太有个孙子，叫乔顺风，是村里有名的猎手，玩土枪，百发百中。奶奶的死让乔顺风很悲痛，站在奶奶的棺材前，抹着眼泪说：奶奶，等我逮到那只狐狸，一定到您的坟前，用狐狸的血祭奠您。

乔老太死后，白额火狐像隐了身，没了影踪。村庄恢复了往日的平静，人们逐渐淡忘了那只妖狐，只有乔顺风没有忘记。

张家的张九说，村子出事之前，多次看到那只狐狸在村后紧靠河边的一个小山洞里出没。那个狐狸洞，后来乔顺风和张九去过，看那洞口，有动物出没的痕迹，乔顺风对着洞口闻了闻，就让张九点燃麦秸秆熏洞，他掂支枪封着洞口，只要狐狸出来，必死无疑。可熏了半天，连一只老鼠也没熏出来。

乔顺风没有找到狐狸，狐狸却回到了村子里，在村东边刘家拖走了一只鸡，一晃就没有了影子。刘哈巴说：像一溜火，哧溜就进了树林。人们跑过去时，啥也没看见，只有那些稀稀疏疏的槐树。那片槐树林，乔顺风也去过，啥也没看见，却闻到了狐狸的味道。乔顺风坚信，狐狸就在这片林子里。

乔顺风不愧是个好猎手，没过几天就找到了那只狐狸。原来，它就在一棵大槐树的洞穴内，洞口在树根下，被落叶覆盖着。他在那里瞄了两天，狐狸终于从树下钻了出来。他端起枪刚要开火，正在奔跑的狐狸突然转过身站在那里，看着他手中的枪，脸上带着绝望的表情。

乔顺风看着狐狸，额头正中有一个白色的圆点。妖狐，乔顺风一慌神枪就响了。随着枪声，狐狸倒下了，在地上翻了几个滚，一动不动。乔顺风走过去，刚要弯腰去捡，躺在地上的狐狸忽然一个翻身跃起，从他的胯下蹿了出去。乔顺风回过神来时，狐狸已跑得无影无踪。

狐狸是狡猾的，很多人都知道，但像这只狐狸能在猎人的枪口下装死逃生，还没有人听说过。这更加坚定了村里人的猜测，白额狐狸，是妖狐。

有一段时间，人们没有看到乔顺风打猎，他背在肩上的那支火药枪已挂在家中的土墙上。按他的性格，是不会放过狐狸的。当然，这不纯粹是为了奶奶，是为了他作为乡村猎手的名誉。一只狐狸，从他的枪口下死里逃生，是莫大的耻辱。

日子就这样平静地流过，很快就到了阴历年。过年时，白额狐狸又出现了，隔三岔五从村子里叼走一只鸡。村里人都希望乔顺风快一点出手，逮着那只狐狸。每逢村子里的人问他，他就说，快过年了，哪有那闲工夫？张九说："那次打过狐狸之后，乔顺风的鼻子失灵了，到现在也没找到狐狸。"

过罢年，一个晚上，刘哈巴找到我说：我看见那只狐狸了，还带着几只小狐狸。过了几天，刘哈巴又跑来说：听说乔顺风把那只狐狸打死了。我和刘哈巴来到乔顺风家，果真看到一只狐狸，只是额头上并没有白毛。我心里迟疑，但没有说出来。乔顺风说：这该死的东西，又跑来偷鸡，被我一枪打死了。刘哈巴看了说：这不是那只狐狸，那个额头上有白点，我亲眼看到过。

刘哈巴说得没错，白额狐狸真没死，也确实带着三只小狐狸。那天，乔顺风和张九喊我上山打猎，走到寨坡下的小河时，看到小河对岸，有几只狐狸在玩耍，也就几十米的距离。狐狸看到我们就要跑，可后边的小狐狸跑到河堤时，慌乱中怎么也爬不上去，三只小狐狸滑下来挤在一起。就在这时，老狐狸突然转过身，用身体挡着后边的小狐狸，站在我们面前。三只小狐狸躲在老狐狸的身后，伸出头，骨碌着眼睛看着我们。

那一刻，我们都惊得目瞪口呆。一只狐狸，在生死关头，挺身而出，保护自己的子女，不要说是动物，就是人也需要勇气和胆量。

乔顺风也傻了一般，痴痴地站在那里，端着枪的手有点颤抖。慢慢地，乔顺风放下了手中的枪，张九也放下了手中的枪。

那只狐狸也有点吃惊，似乎是看到我们手中的枪放下了，已不再惊慌，但它依然挡在几只小狐狸的前面，警惕地注视着我们。大概过了一两分钟，老狐狸扭了一下头，几只小狐狸开始向山上跑去。但是，老狐狸仍一动不动地站在我们面前，眼睛盯着我们，看似很平静，但身子似乎在不停地抖动。

对峙了多长时间，我已记不清楚。只记得，小狐狸爬上了山顶，老狐狸看了我们一眼，晃晃悠悠地向山上走去。它没有奔跑，而是很平静地向山上走去。走到山顶，几只狐狸一字排开，朝我们看了看，然后消失在树林里。

这时，我们才醒了过来。回家的路上，张九打破沉默，问："乔哥，为啥不开枪？"乔顺风说："打猎有三不打，不打鸟，鸟是天空中的精灵；不打怀犊和哺乳的猎物，那是丧天良的事；不打没有成年的猎物，那是滥杀。"

后来，我离开了家乡。家乡的人和事，知道得很少。只知道那只白额狐狸被我们放生后，再也没有出现过，消失在苍茫的原野。甚至很多年，我们村里都没再出现过狐狸。

约翰逊

文／李贺文

约翰逊是一头驴，是三十多年前我们生产队饲养的一头身材高大的公驴。

那年我高中毕业回乡务农，在生产队当保管员兼给饲养员杨老伯打下手。工作伊始，我首先见识的便是约翰逊在驴群中至高无上的威严。

那是一个初春的黄昏，我第一次看到约翰逊，只见刚卸车归来的约翰逊走进木门，昂首一个响鼻，原本正撒欢儿尥蹶子嗷嗷直叫的驴儿们即刻鸦雀无声，悄悄地走到各自的料槽前，一动不动。

那一幕，惊得我目瞪口呆！

约翰逊个头高大，比一般的驴要高出半头，个头跟骡子差不多。约翰逊走路四蹄生风，奔跑起来，恍若闪电从地面划过，但骑在它的背上却不颠不簸，安稳舒适。不论赶上谁家有事，老人看病或是妇女探亲，都争着牵约翰逊。不论是耕田拉犁，还是赶集拉车，约翰逊都能准确理解驭手的意图，行于当行，止于当止。春天拉犁耕地，无须扶犁者挥鞭吆喝，行至地头，约翰逊便主动带领另两头驴转身掉头。无论地头刚长出嫩叶的藤条有多新鲜，多么具有诱惑力，约翰逊都视而不见，显出一种头领风范。

如此能干又善解人意的驴，杨老伯为何给它取了这么个洋名？是因为仇视美帝国主义，所以给这头驴取了一个美国总统的大号？还是因为它威武壮硕、具有头领风范，而赐予它一个领袖的名字？不得而知。

天有不测风云。入夏以后，一向强健的约翰逊突然病了，它只吃不拉，杨老伯说它得的是结症。公社的老兽医来过几次，又是洗胃，又是灌药，就是不见起色。最后，老兽医为难地说："我看这驴是不行了，不过倒是还有一个办法，就怕没人愿意干。找一个热心的人，三两天给它掏一次粪就行。"

第二天一早，王队长便带着李纲来到队部，对我和饲养员老杨说："从今天开始，李纲要给约翰逊掏粪，这不是一个人的活儿，你俩配合一下！"

我们三人来到杨老伯的小屋前。得益于老兽医的提前指导，只见李纲熟练地从背着的白色帆布包里掏出一瓶香油，一只空碗，又拿出一块香皂，几卷卫生纸，两条新毛巾，接着，又让杨老伯打来两盆清水，都摆在长凳上。一切就绪，杨老伯便牵出约翰逊。约翰逊腹部隆起，鼓鼓胀胀像个大蝈蝈，眼屎糊住了眼角，双目流露出散淡的光，神情也大不如前。李纲和杨老伯把约翰逊拴在钉掌的木架上，把它的四条腿分别捆在木桩上。

李纲先把右臂洗净，打了两次香皂之后，又用干净毛巾擦干，并反复检查了手指甲，把突出的部分剪掉并磨光滑。接着他把香油倒进碗里，用左手蘸上香油均匀涂抹在右手右臂上，而后反复攥了几下右手，活动一下五指，最后五指合拢小心翼翼地伸进约翰逊鼓胀的肛门。慢慢地、一点儿一点儿探入，直到把整个右臂都伸进去，然后再慢慢地一点点抽出来，手中便攥出一大把粪渣，都是些细碎的草末，散发出绿肥的那种淡淡的草的腥臭味儿。

一把，两把……不大一会儿，李纲便掏出两大脸盆青黄的粪渣。

出人意料的是，约翰逊没有踢，也没有蹬，更没有惊恐地号叫，只是默默地配合着李纲的动作。

眼见约翰逊的肚子瘪了下去，杨老伯便把它解开，牵到沙堆旁，让它痛痛快快地打了几个滚儿，站起身后，又放了两个闷屁，便一弓腰，精神抖擞地围着李纲又是撒欢儿，又是尥蹶子，孩子似的，一副欢天喜地的样子。

夜间，杨老伯起来给驴添草，又听到了约翰逊吃草的声音，"咯吱咯吱"，香！

就这样，日出又日落，李纲一掏就是一年多。

一年多来，李纲和约翰逊成了一对好朋友。每天记工完毕，不论多晚，李纲都会踱进杨老伯的小屋，捧上一捧豆子或是掰块豆粕喂给约翰逊，并爱抚地拍拍它的脑门儿，看着它吃完。每次李纲离去，约翰逊都是泪眼汪汪地望着他走出饲养处的栅栏门，直到身影消失在夜的深处。

转眼就到了第二年，八月的一天下午，李纲赶着约翰逊去供销社给生产队的绵羊买盐，回来途中，暴雨倾盆。当他们赶到西河时，河水已漫出堤岸，李纲一个趔趄跌入激流。约翰逊见此猛地向前一蹿，抖掉盐袋，上前横在激流下方，水中挣扎着的李纲顺势搂住它的大腿，攀上脖颈。只见约翰逊迅速弓身蹬腿，几个腾跃，便带着李纲冲出激流，跨上堤岸。

焦急等待在河东岸的杨老伯看到约翰逊如此通人性的一幕激动不已，上前抱住约翰逊湿漉漉的脖颈禁不住老泪纵横。

这年深秋，天马湖水位暴涨，淹没了湖边的环山道路，无奈，生产队只能用木船运送收获的粮食。

这天下午，一只装满红薯的木船沿湖岸缓缓而行，李纲摇着橹。在穿越一片被淹的高粱地时，惊起了一条花蛇，它慌不择路，径直朝木船游来。船上生产队的两个姑娘一见，慌忙起身躲避，木船顷刻间失衡进水，坐在左舷边的姑娘跌入水中，船也开始慢慢下沉。李纲迅速跃入深水，救起落水的姑娘送上岸边，待他返身游向船上另一个姑娘时，由于体力不支，沉入水中。

待乡亲们赶到，把李纲救上岸，却为时已晚。

李纲的遗体被安放在队部的场院中，乡亲们围着默默流泪，整个村庄沉浸在一片悲哀之中。

天黑了，人们陆续散去，这时，杨老伯赶着大车回来了。卸完车，约翰逊照例到沙堆旁打滚儿舒活筋骨，起来后耸身抖落草末和沙砾。一抬头，瞥见躺在木板上的那张熟悉的面孔，便奔过去，用湿漉漉的嘴唇轻吻着。见李纲毫无反应，约翰逊眼里闪过一丝恐惧，瞬间，泪水像泉涌一般滚滚而下，脸上的绒毛湿成一绺一绺的，泪珠顺着濡湿的绒毛无声地滴落在李纲的脸上。

见此情形，王队长哽咽着挥挥手，让杨老伯把它牵走。约翰逊一步一回头地嘶鸣着被牵进驴棚，犹自朝着队部悲鸣不已。杨老伯鼻涕一把泪一把，叹道："老天啊，你为啥就不给约翰逊留一条活路呢！"

第二天早上，当我们早早赶到队部场院时，眼前的一幕让我们惊呆了：只见约翰逊一身白霜，泥塑般跪在李纲的灵前，身躯已僵硬如铁！

下午，湖边柳林旁的黄土岗上新添了两座坟茔：一座埋着李纲，一座埋着约翰逊。

红色笔记本

文／虹　影

母亲很少给我东西，我小时，她不给，我长大，她更不给。记得出国前，她对我意见很大，说英国有什么好，要大老远跑去，生了病，都没有人照顾。她一直沉着脸，觉得我做错了一件大事，觉得我做什么事都不和她商量，也从来不事先告诉她。而那时的我一心想彻底逃离家，和之前所有的一切都隔得远远的。

在伦敦那些年，每到圣诞、新年，我都给母亲寄卡片和照片，可母亲从不回信。家中二姐来信，也主要是说收到了我发表在国内杂志、报纸上的稿费，顺便简单说一下家里的事情，从不问我的情况，母亲也从未请她转告我她收到照片和卡片后感觉如何。

一切如同石沉大海。

虽是如此，我还是每年照做这些事，后来成为一种习惯。直到母亲去世后，我才意识到，这样做其实是为了自己，而不是为了母亲。

2006 年秋天的一个下午，我和哥哥姐姐把母亲的骨灰安置好后，一起回家整理她的遗物。两个哥哥负责整理阳台，我们姐妹四人负责整理母亲卧室。我们打开母亲的三个木箱。这三个木箱，从小时候起，对我们来说就是禁区。多少年来，母亲都会上锁。在打开的那一瞬，我们几个姐妹除了哀伤，还有几分兴奋。箱子打开，一股浓浓的樟脑味，里面竟是一些绣花的真丝被面和一些好看的布料，亮亮闪闪，花花绿绿，非常耀眼。

在箱底，有一个红色硬壳笔记本。我拿起来一看，里面竟夹满我历年寄给母亲的卡片和照片，一张都不少，整齐地按时间夹在笔记本里。我抬起头来，问："怎么这些卡片和照片，包括信封，妈妈都没有扔掉？"

"扔掉？"大姐嘴快，"她哪里舍得扔？她把这个拿给家里每个人看，亲戚朋友，甚至街坊，哎呀，有时在路边遇到一个她认为看得上眼的陌生人，都会把它掏出来给人家讲，这是她的六姑娘，在英国读书，是个作家。我曾经想要一张，她都不给。我说只要一张英国邮票，她也不给，马上收起来，甚至藏起来，生怕我会偷走。"

我心里一震，原来母亲如此为我骄傲，如此看重我寄给她的卡片和照片，我眼圈红了。

大姐对我说："妈妈最疼你了。六妹呀，在妈的眼中，就你一个人是她的心爱。"

"不是这样的。"起码在母亲去世前，我都没有如此感觉。

二姐说："这还用得着说吗？我们都心知肚明。"

四姐说："所以呢，我们小时都爱挤压你，想隔开你和妈妈，妈妈也装得不喜欢你。可一等到你去了国外，就装不了了，无论吃什么，都会说，可惜六妹不在。真是的！你走之后，做什么，她都念叨你。"

"可等我回家，她也不表示出来。"

"当着孩子们的面，妈得一碗水端平，更何况妈在你跟前尤其喜欢与你较真。"

我的眼泪一个劲儿地往下掉。从未有这么一个时候，来理理母亲与我的感情。也许是母亲不在了，姐姐们才说实话，才第一次像姐姐一样对待我这个妹妹。多少年来，我这个私生子妹妹，给她们带来了无尽的羞愧和耻辱，让她们低着头长大。她们内心对我的讨厌、埋怨甚至恨，似乎都远去了，我们从未像这个下午这么彼此亲近。四姐递了一条毛巾过来，我擦干泪水，问姐姐们："我可以要这个笔记本吗？"

她们异口同声说："当然。"

我把这个红色硬壳笔记本收入行李包里。

在回北京的飞机上，我抱着这个笔记本。我真是傻到家，怎么会认为母亲没有给过我什么东西，她用一生的坚强和勇敢，抵抗这个世界对她的侮辱，给我生命，把我养大，这难道不是母亲给我的最好礼物？她不在人世了，还留给我这个笔记本，这就是她爱我的一颗心的证明。

我拿出红色笔记本，翻看着，然后紧紧地贴在胸口说：妈妈，谢谢你。

那天起，我和妈妈彼此心疼

文／林特特

上中学那会儿，庞丽和妈妈的关系很糟。据不完全统计，每天妈妈都会盘问庞丽三到五次："为什么回来这么晚？""打电话的那个男孩是谁？"庞丽总是不吭声，问急了，便回一句"你别管了"。

高一下学期，母女俩的矛盾白热化，起因是庞丽的期中考试成绩不理想。一日，开完家长会，妈妈跟着班主任走进办公室，半小时后，她铁青着脸走了出来。

那天晚上，庞家闹翻了天。妈妈要求庞丽停止"梦想派对"的表演。所谓"梦想派对"是庞丽和另外四名同学组成的一个歌舞组合，两女三男，青春靓丽。他们在本校、本区甚至本市的中学生会演中叱咤风云、名噪一时。"耽误学习"、"涂脂抹粉，妖里妖气"，妈妈的话和班主任如出一辙。庞丽辩解无效，情急之下，蹦起来，叫着："就不！就不！"声音大得整栋楼的人都能听得见。局面失控，妈妈怒极，抄起剪刀将庞丽的马尾辫齐根剪断。

瞬间，庞丽愣了，甩下一句狠话，夺门而出。

她被爸爸找了回来。

"我妈更年期吧？她为什么总不让我做我想做的事？"庞丽摸着乱七八糟的头发，泪流不止。爸爸拍拍她的头，替妈妈说了许多好话，可庞丽都听不进去。

接下来是冷战。冷战过后，母女间的气氛仍旧紧张。

这气氛甚至维持了一两年。有时，爸爸出差，庞丽和妈妈在家一整天也说不上一句话。无数次，在饭桌上，庞丽说声"我吃完了"，一推碗站起来就走，她不是没看见妈妈欲言又止的眼神，可心里的那道坎儿就是过不去。

很快，高考。

湿热的天，整个人都黏糊糊的。考完最后一门，庞丽精疲力竭地伏下去，再抬头，桌子上留下一摊汗印。

揭榜，庞丽过了大专的分数线，离本科还差几分。

她胡乱填了志愿表，却不料，因为胡乱，她掉进更低的一档，最后被一所中专录取。再想到永无机会进大学的门，庞丽无法抑制地大哭起来。

"不行就复读吧！"妈妈大手一挥，如她做所有决定时那样，不容置喙。

庞丽的哭声戛然而止，她张张嘴，这是青春期以来她第一次没有和妈妈唱反调。

找关系，找录取庞丽那所学校的人，将她的档案拿出来，事情比想象中要难。这一年的9月7日晚上，妈妈推开庞丽的门，沉默了一会儿，开口道："都是爸爸妈妈没本事。"她哽咽着，"档案拿不出来，妈妈没法帮你圆大学梦了。"妈妈的眼眶是红的，她嗫嚅着，态度竟有些像小女孩般软弱、委屈。

庞丽虽说难过，但更多的是诧异，她原以为这个强硬到有些跋扈的女人，永远不会露出疲态。这一刻，只见她无奈、无力，深责着自己的无能——这无能背后，她该对外人付出多少哀求、赔过多少笑脸？

在极度震惊中缓过神，庞丽安慰妈妈："没事，以后我还可以自考，用别的方式上大学。"

事情最终圆满解决，但庞丽忘不了那个晚上，忘不了那个带着哭腔说"都是爸爸妈妈没本事"的委屈的"小女孩"。

"这一切都因为我，如果我能再勤奋点，考得再好点，妈妈本可不用如此自侮，承认'无能'。"

"从此，我发誓不会再让妈妈伤心，我要足够优秀，不让妈妈再落入类似尴尬的境地。"说这话时，庞丽在面试，已经大四的她报考某电台的主持人，在现场，她抽到的话题是"我和妈妈"。

面试官拿着笔，例行公事地记录着考生发音吐字的问题，可到庞丽这儿，他停下了笔。

"青春期时，我们真是母女相见，分外眼红。"3分钟到了，面试官没按铃，庞丽继续，"她不理解我，不支持我，直到当她像个做错事的小女孩一样站在我面前，而明明错是我犯的……我真想穿越回去给和她吵架的自己一个耳光。那晚之后，我和妈妈和解了，也许因为她没我想象中那么坚强，我也没她想象中那样不懂事。从此，我们彼此心疼。"

这一轮考试，庞丽拿了满分。

在父亲家

文／[日] 梅原满知子　译／郑爱军

一

透过车窗，渐渐映入眼帘的是一片乡村景象。巴士摇摇晃晃地行驶在没有修整过的沙石路上。父亲原来就住在这样的地方啊！

四年前父亲退休的时候，父母离婚了。那之后我们父女再也没见过面。父亲是个沉默寡言、捉摸不透的人，所以两个人既没有见面的欲望，也没有见面的机会。

如果不是母亲打来电话，恐怕再有四年也不会相见。母亲说："听说有人以你的名义打电话骗了你爸，他给对方汇了款，一把年纪了，也不知道怎么样了，你去看看吧。"

"……简直难以置信！"这样的话我嘟囔了几十遍。虽然不大情愿，我还是向父亲居住的乡下出发了。

巴士到站的时候，天已经黑了。我拿着地图，沿着田间小道向前走，两边是一望无际的玉米地。一边走一边想着见到父亲说什么好呢？"晚上好。""好久不见。"父女俩难道这样打招呼吗？父亲怎么能把我的声音听错而被骗呢？

算了，算了，都怪我这么长时间连一个电话都不打。

十五分钟，总算走到了那间陈旧低矮的平房。按了很久的门铃，穿着睡衣、头发乱糟糟的父亲才走出来，睡眼惺忪地说："回来啦。"

才八点，父亲竟然就睡了。尽管是时隔四年的相见，父亲只是说了句"今天先睡吧……"就钻回了被窝。

我觉得很扫兴。坐在客厅的沙发上，想看看电视，谁知一点信号都没有。打算冲个澡，往浴室一看，用的竟然是烧柴的浴盆，如此原始的设施在21世纪的社会居然还存在……

打开壁橱，出乎意料的是，被褥很多。我松了口气，取出被褥，铺在父亲旁边钻了进去。

这么早我根本就睡不着。在寂静的黑夜里，传来了"咕咕，咕咕"的鸟叫声，是猫头鹰吧。

关于父母的离婚，说实话，我一直认为是十分自然的事，甚至觉得太晚了。父亲是典型的工作狂，在医药公司从事专利业务，几乎没有在晚上十二点之前回过家。休息日不是出差，就是加班，或者窝在书房里读他那些难懂的文献，而母亲一个人没日没夜地照顾着因交通事故卧床不起的祖母。祖母是个脾气暴躁的人，母亲从没反抗过她，也没说过一句怨言，只是有时会躲在厨房里流泪。

母亲总是要求我好好学习，总是不厌其烦地对我说："一定要努力做到即使不结婚也能自食其力！"我不知不觉也认同了。所以，我废寝忘食地学习，考入了一流的大学。在就业不景气的情况下，被大型化妆品公司录用。工作后又不断努力，职位和收入都无可挑剔。

当"不结婚"这种想法在我脑海中根深蒂固的时候，我却开始了跟现男友的交往。他十分优秀，是最理想的恋人，但我还是时常觉得被一种莫名的寂寞包围着，自己到底想要什么呢？

一想到这个问题我倒困了。松软的被褥很舒服，用小豆装的枕头非常合适，听着旁边父亲的鼾声，心里感到特别踏实，所以很快进入了甜美的梦乡。

二

"咕嘟咕嘟"的煮饭声和甜甜的香味把我从梦中叫醒，睁眼一看，房间里洒满阳光。父亲正在厨房里热气腾腾的大锅前忙着。

"早上好！"

父亲瞟了我一眼说："不早了，已经中午了。"

我看了一眼墙上的挂钟，再有五分钟就中午十二点了。自己竟然睡了十六个小时，太不可思议了，"爸，你几点起的？"

"四点。"

"啊？"

"上午我去帮附近的村民收玉米了。"父亲把刚煮好的玉米放到客厅的矮桌上，他盘起腿，边啃滚烫的玉米边说，"刚掰回来的，很好吃。"我坐到父亲对面，试着撸了一行玉米粒放进嘴里，嘴里立刻充满了甜甜的、像果汁一样的味道。

我禁不住用自己都吃惊的声音说："真香！"父亲开心地笑了。

"玉米在早上七点之前收，糖分最高，特别是我们吃的这种……"听着父亲断断续续的话语，不知不觉中，我竟吃了三根玉米。"被骗的事情报案了吗？""目前您还有钱花吧？"等重要的事情一件都没说，父亲就说："我要去地里了。"我慌忙站起身说："我也去。"

田地比想象的要宽阔，种着色彩鲜艳的各种作物。"工作顺利吧？"父亲边拔草边问。

"嗯，明年有可能当上科长。"

"你像你妈，从小就聪明。"

"爸爸你才厉害呢。我非常讨厌专利，因为工作需要，不得已才看看，实在让人头疼。"

"我也讨厌。"

我看了一眼父亲，以为自己听错了，父亲可是第一次负面评价自己的工作。父亲意识到了我在看他，抬起头，说："老爸比较笨，即使跟别人干同样的工作，都需要五倍、十倍的时间。如果不拼命的话，就拿不到足够的工资了。"因为逆光我看不清父亲的表情，大概是难为情地笑了。

我心里非常不平静：我一直坚信父亲只顾工作，对家里的事漠不关心，事实上真是这样的吗？跟家人都不能很好沟通的父亲，工作却做得很出色，简直不可思议。家里四口人的生活费、祖母的护理费、我从中学开始的补习费、高中和大学的学费、房贷……多么大的开销，想一下就明白了。为了这一切，父亲拼死拼活地工作，可是却没人能理解他……

傍晚，我用父亲烧的热水洗了澡之后，发现他在厨房里弓着背，笨拙地挥动着两只粗糙的大手在去虾线。原来父亲要做天妇罗。我把材料切好，父亲做好蘸汁和面糊。我们并排站在锅灶前，我粘面糊，父亲炸。面糊炸得像花似的，一朵接一朵地开着。我的心情无比愉悦。

晚餐很简单，不过，米饭做得很松软，刚从地里摘回来的新鲜蔬菜每一种都味道浓厚纯正，天妇罗炸得脆脆的。看到我正在吃他腌的茄子，父亲问道："有点淡了吧？"

"嗯，挺好吃的。"我大口地吃着腌茄子，这种腌渍的味道毫无疑问就是我家的味道。是从妈妈那里要的原料吧。

我忽然明白了："虽然父母已经离婚了，但我们还是一家人啊。"于是，即使是跟恋人约会时都存在的那种莫名的寂寞慢慢地消失了。我突然想哭。

原来我一直都在想家啊。

三

第二天晚上，外边"咻咻"地放起了焰火，父亲拿着切好的西瓜来到走廊，和我并排坐着，一边欣赏焰火一边吃西瓜。我知道这是说那件事的最好时机，可我还是没说，只想好好享受一下这美好的时刻。最后的一支焰火升上了夜空。"睡觉吧，晚安。"父亲"啪啪"关掉了所有的灯。房间陷入了深深的黑暗中，外面又传来了"咕咕，咕咕"的鸟叫声。

躺在父亲旁边的被窝里，我知道两个人都没有睡着。

我深深地吸了一口气问："爸，那个人说了什么，你就汇钱了？"

"……"

"快说呀。"在我再三强求下，父亲慢慢地说："她说结婚的钱无论如何都凑不齐。"

"……"

为了不让父亲听见，我用被子蒙住头，在被窝里放声大哭。

父亲是担心已过而立之年的女儿的将来，还是因为女儿就要成家而高兴呢？或许是一直想象着出嫁时女儿的样子和抱外孙的情景了吧。

为什么在这个什么都没有的家里，被子却有好几套呢？而且都晒得松松软软。还有小豆枕头、腌茄子，这些都是偶然吗，还是必然？无数的疑问浮现在脑海里，又很快就消失了。因为我找到了答案，就是父亲最初的话语——"你回来啦。"

我在被窝里嘟囔着——"我回来了。"

我知道，
我是你唯一的姑娘

文／美　丫

姑娘们，想吃什么

他第一次出现在寝室，子涵正坐在上铺晃着两条长腿听音乐。

室友菲菲先看到他，惊讶，路子涵，你爸好帅。

对于小女生的赞美，他笑着接受，并大方地赠送大家一份家乡特产，才踱到子涵的床边说，还不下来？

子涵跳下来，摘下耳麦，你怎么来了？出差路过。他把大包小包放在床边，都是你爱吃的。

子涵眨眨眼，晚上请我们吃饭吧，请我们全体。好，请你们全体。他大方地一摆手，姑娘们，想吃什么？

几个女生都雀跃，七嘴八舌数落起这个城市的小吃。子涵撇嘴，有点儿出息行不？我老爸啊，有钱人。他点头，拍着子涵的肩膀，对，跟我丫头学着点儿，别给我省钱。

果然就去吃了很大的餐，子涵看着老爸去刷了卡，明显是现金不够了，说不出来的有点儿恶作剧的小开心。

回去后，室友有点儿羡慕，子涵，你爸够宠你的。子涵笑起来，心里微微舒了一口气，觉得自己做出的这个选择如此正确。离开熟悉的城市，500 公里之外，在别人眼中，她是一个被父母疼爱的孩子，家庭没有残缺。如果她不说，这里就没有人知道其实爸妈早已离异多年——这是子涵的虚荣，也是她的逃避。在那个生活了 18 年的城市，熟悉她的人太多，他们都知道真相，为此同情和怜惜她。

子涵不喜欢被同情和怜惜，一直不喜欢。每每遇到那样的目光，她心底都会对他生出一丝怨气，无法释怀——在子涵心中，一个家的破碎，责任一定在男人。离婚是他提出来的，是他不要这个家了，那么，他就该被怨怼。

子涵选择了跟着妈妈。之后，虽然他也经常在子涵生活里出现，依旧在物质上宠爱她。可是那种出现，却都是片段式的，再也不是常态。至于物质，天知道，那不是子涵想要的，只有要不到爱的孩子才会要东西，也只有给不了爱的父母才会给孩子物质来替代宠爱——这让子涵更加悲哀。

现在，终于借着高考逃脱出来，逃到千里之外。拿到通知书，妈妈眼泪汪汪，完全不解子涵心里的痛快。倒是他，一本正经地说，出去历练历练也好。

子涵抿着唇，差点儿说出"你当然不在乎了"这样的话来。她在哪里，对他来说都一样，反正，他早就不要她了。

没想到他这么快就来了，开学不过半个月，妈妈也刚回去没几天。也好，至少同学知道了，她有个有点儿纠缠的妈和一个帅气的爸，他们都宠着她，无非就是演一会儿的戏罢了。

冤家？他们是吗？

没有了曾经那些看上去软塌塌的目光，子涵觉得日子都轻快得可以飞起来。也没想到原来室友在一起聊起家人时，她也同样有很多话题。

那次，菲菲说，都说女儿是父亲上辈子的情人，我爸就是。高中时候大家都偷偷谈恋爱，就我，被他管得连我们班男生长啥样都没敢好好看。

大家都乐，子涵也记起来，有一次下雨，妈妈出差，他去接她放学，刚好遇见一个男生帮子涵打着伞出来。子涵没想到，一向好脾气的他竟然不分青红皂白地把男孩给训斥一顿，并警告男孩以后不得纠缠子涵……完全像个善妒的情人。当时子涵不乐意，一路上都不跟他说话，最后他又急了，跑去给子涵买了个新款相机赔不是。

还有，读高中以后，他每次见了她，都要叮嘱她离那些不怀好意的男生远点儿，好像所有男生都对他的女儿图谋不轨一样……

若菲菲不说，这样的细节，子涵还真想不起来，总觉得这些年和他是疏远陌生的。至于她们说的那些物质的宠爱，她们有的她都有过，甚至更好，都是他给的——可这就能证明爱了吗？

那当然，菲菲说，当然是爱你的人才舍得给你东西，你爸就是太惯你。我看，你才当真是你爸上辈子的情人呢，所以这辈子是冤家，他那么宠你，你还不知足……

子涵咯噔就站住了，冤家？他是吗？

你大了，有分辨能力了

大学 4 年，他去的次数倒比妈妈多，认识子涵的人，都知道她有一个溺爱她的老爸。

大三时，子涵恋爱了，和一个本地男生。男生英俊且羞涩，有良好家境。子涵把男友照片发给妈妈看，妈一眼看中。然后他再来时，子涵就带着男友一起迎接他——她做好了准备，如果他反对的话，她就带着男友掉头离开，这一次，不给他反对的机会。

但没想到，他的态度和妈妈很一致。

趁男友去洗手间，她问他，这次你怎么不像秋风扫落叶了？

他沉吟片刻，你大了，有分辨能力了。

后来他离开后，男友说，你爸挺好的，他看你时，眉眼里都是疼爱和欢喜。

她愣了一下，他看她的眼神，她还从来没有好好留意过。片刻后，她说，他和我妈早就离了，这些年，我跟着妈。

之前，她并没有对他提起过。男友愣怔片刻后，似自语，你一点儿不像单亲家庭的孩子，我想，是因为你的爱从不缺失吧？

她的眼睛无端一热。

还在一起，是一家人

毕业半年后，她和男友举办了婚礼。

酒店的大屏幕在播放一些编排好的幻灯片，是由她成长中的一些照片组成。她也抬起头来看。很多是她单人的，和他一起的，竟然也不少。

那一张，她穿了一条白色的漂亮蓬蓬裙，头上戴着小小花冠，像个

纯美的小公主。他捧着一个大大的蛋糕，弯着身体隐在她背后，只露出一张笑脸。

那是她3岁或者4岁生日的照片，他们还在一起，是一家人。

又一张，是短头发男孩子模样的她，和他并排坐在公园里休息的竹椅上，她完全就是小很多号的他，连表情都一样。那是她刚读小学时，他带着她去公园拍的。

那时，他已经和妈妈离婚，他们已经不是一家人。

还有一张，她明显长高了，手中拿着一个奖杯，他站她旁边，那是她四年级奥数竞赛获奖时，他去参加颁奖仪式时拍的。

那时，他已经成立了新的家庭，但所有关于她的事情，他都知晓并加入。

再一张，是她 12 岁生日时，他带她去海底世界拍的。照片中，他和她一左一右站在一只海豚旁边，做出和海豚一样的姿势。

那时，听说他刚从那家机关单位辞了职，跟着曾经的战友搞了一个小公司，很辛苦。

另一张，她中学毕业时，他带她去云南，那是她第一次坐飞机，绑好安全带，和他手拉手，让别的乘客帮着拍的。

那时，他又离婚了，因为他决定不再要孩子了。他说，他有一个女儿就够了。他说，子涵，你是我这辈子唯一的姑娘。

还有，她 17 岁、18 岁生日时，不同的地点，不同的庆祝方式，他却都在她身边。

最后一张，她大学的毕业典礼，她穿着学士服，他紧紧拥着她，无限欣慰无限自豪。

原来，虽然他已经无法和她朝朝暮暮，虽然没有了父亲和女儿一餐一饭的琐碎温暖，但在她人生至关紧要的纪念日里，他从来都不曾缺席。就如这一刻，只有他，才有资格牵着她的手，递到另一个男子手中；只有他，才可以完成她人生最重要的一次传递——他从来不在远处，他一直在她身边。

想起他说过"有一个女儿就够了"，想起他为此再度孑然一身，她再也不能自己，回身挽住他的手臂，眼泪大颗大颗地落下来，一点点湿了她华妆的容颜。

夜 归

文／徐则臣

一

他从拥挤的人群里看见父亲。他们围在出站口的铁栅栏门边，父亲踮着脚，脖子越伸越长，想从众多人头里冒出来，他的火车头棉帽子在昏暗的灯光下摇晃着 10 年前的光。这帽子是他硕士毕业后，工作第一年给父亲买的，他带父亲在商场里逛，想买一个时髦洋气的棉帽子，父亲看中的还是火车头栽绒帽，厚，重，戴在头上心里踏实。这个除夕夜，天不好，随时可能飘下雪花。下车的人很多，他和老婆孩子从背光的通道里走出来，父亲无论把脚踮得多高都不可能看到他们。

父亲搓着手说："回来了啊。"

"晚了半小时。"他说。

火车晚点半个小时，父亲的脚踮了至少半小时。他发现三年不见，父亲又变矮了。

"冻坏了吧你们？今年冬天冷得邪乎。"父亲说，伸出手要抱一下孙子，"来，牛牛，给爷爷看看冻着了没有？"

孩子歪着小脑袋刚醒过来，猛然看见一个陌生的老人向自己伸出手，吓得哇地哭起来。

"牛顿乖，不哭，"老婆颠着哄孩子，"爷爷就是想看看咱们宝贝牛顿。"

"牛——顿，"父亲为了这个转折一口气差点没接上来，"牛顿，爷爷就是看看你，那爷爷回家再抱你，不哭不哭。"

牛牛是当初父亲给孩子取的小名。父亲说，贱名好养，这名字听着身体就好，精神。老婆不乐意了，牛牛？土死了！他熬了几个通宵终于想出了两全之策，叫"牛顿"。

"牛顿好。"父亲笑了笑，说，"这名字好。回家得跟你妈说说，她不知道牛顿是谁。牛顿不哭，爷爷这就带你坐车回家。"

二

父亲租了邻居的昌河面包车，开车的是邻居的儿子天北，他念大学那年这小子刚出生，论辈分天北得叫他叔。

出了县城，车拐上一条土路，刚跑上五十来米，耸动一下，像人突然咳嗽了一声，停下了。天北骂了一句方言里的粗话，说："爷，车又出问题了。"

父亲问："严重不？"

"不知道。"天北说，"我先倒腾一下看。"

父亲下了车，帮天北打手电照明。他给父亲和天北各点上一根烟。起风了，雪花大起来，也开始变密。这里到家还剩下 8 里路。天北倒腾了三根烟的工夫，把扳子扔到地上，说："爷，叔，我整不了了。"

父亲说："你们在这儿等着，我回去再找辆车。"父亲转身又说："天北，你把车里的暖气一直开着，别停下，牛顿冻着了我找你算账。"

父亲甩开步子往前走，走几步变成小跑。他看见父亲臃肿的小个子消失在风雪夜里。8里路，他想，父亲63岁的身体，这连走带跑要多久呢。

真够冷的，他戴上了羽绒服的帽子，眉毛上还是落了一层雪。

三

差不多抽了半包烟，他听到黑暗深处传来一阵急促的吆喝声："驾！驾驾！驾！"

父亲的声音，因为着急变了调，有点尖细。父亲赶着一辆牛车从黑暗的风雪里走出来。

"只有这个了，"父亲充满歉意，"能开车的都喝大了。你们坐车里，我赶车拖着你们。你妈还让带了两床被子，你给他们娘儿俩抱过去。"

他们坐在车里，天北打方向盘，父亲赶着牛车，车尾上一条绳子拴住昌河面包车。他看着父亲缩着脖子坐在牛车上，在汽车灯光里，仿佛全世界的雪都落到父亲一个人身上。父亲越长越矮，越长越小。老婆看他直愣愣地盯着前面，觉得不对劲儿，就看见他眼睛里聚了一大团光，越聚越大。她抽出一张纸巾递给他，说："要不，你给咱爸拿床被子过去？我猜他会冷。"

他擦了眼，对老婆笑一下，抱了抱老婆和儿子，夹着一床被子下了车。两辆车都在走，速度不快。他走到牛车的右前方，坐上去，把被子展开披在他和父亲身上。

"你怎么来了？"父亲说，"赶快回车上去，我不冷。"

"没事，我就陪你说说话，抽根烟。"他给父亲点上烟。

车晃晃悠悠往前走。雪继续下，前面村庄里的鞭炮声越来越响。"你们大老远回来，还遭罪。"父亲依然充满歉意。

他说："爸，你记不记得，我念高一那年，放寒假时下了大雪，两尺多深，没到膝盖以上。"

"怎么不记得？几十年没见过那么大的雪。"

"你赶着牛车去县城接我，吱吱嘎嘎走了一上午。同学都羡慕我，放了假就能回家，别的车都跑不动。"

"那牛我养了 10 年，再没喂过那么好的水牛了。"

他记得起那头牛的模样，暑假回家他就牵它到野地里吃草，来去都骑在牛背上。他也想得起那年的大雪，像棉花包裹了整个世界，那真叫大。

父亲被烟呛得咳嗽起来。"我知道，"父亲说，"你还记恨我。"

"记恨你什么，爸？"

"你只念了二中。"

"没有，爸，我从来没想过这事，你多心了。"

"这事是怨我。那时候我哪里想到咱家老祖坟上还能长出你这棵蒿？也没想到就一车麦子的时间，人家办事就停了。这些年我也在懊悔，想起来牙就疼。"

父亲说的是他当年报考初中的事。那时候他念五年级，成绩很好，老师忙了他会帮老师给同学们上课。那天他替做副校长的语文老师给同学讲试卷，下了课他去办公室交样卷，副校长正在填一张表格，上面是他某同学的名字，那同学是学校一个老师的女儿。副校长说，他在给那女同学办理跨学区中考手续，办好了她就可以直接往镇上的中学考了。如果不办这个手续，只能考本学区的联中，就在村子西边。联中的学生素质和教学质量当然不如镇上的中学。他问："老师，我能不能申请跨学区中考？"

副校长很喜欢他，说："可以，我试试，看能不能再拿到一个名额。不过前提是必须家长同意，走完一套程序。今天是最后一天，中午12点我就得把材料报上去。你现在就让你爸来学校，马上。"

他一口气跑回家，门锁着。邻居说，他父母在麦田里。他马不停蹄又往麦田跑，正赶上他们刚往平板车上装好麦子，准备拉回打谷场。他说老师让他去学校，急事，现在就去。

"有多急？"父亲有点烦躁，一趟趟运麦子累得他脚底发软。他们家那会儿没有牛，只能靠人来拉车，父母的肩膀被绳子磨出的红印子要渗出血来。天不好，眼看着一场雨说来就来，他们必须赶在下雨之前把麦子运回去。"还能比天要打雷下雨还急？"

他跟父亲说不清楚，只能一路哭着跟在车后，等麦子运到打谷场上，卸下来，堆好，才一起去学校。进校门时是中午12

点半，打铃的老马说，副校长刚走，临走时还说，等不到了那就是命。迟了半小时，他失去了考镇中学的机会。中考他进了村里的联中，成绩全校第一，那成绩放到镇中学也是前三名。再后来中考，成绩不如他的女同学考上了县中，他在联中成绩最好，也只能考上县二中。二中又不如县中好，他考取的大学离他理想的大学还有不小的距离。

真的是一步出问题，步步出问题？在联中里他怨恨过，到了二中，还真没想过这事。这么多年父亲竟还像揣根刺一样揣在心里。

"爸，真没关系。"他说，"我感谢二中还来不及呢，在二中里我才知道跟别人的差距在哪里。"

"那就好。"父亲半天才说。

牛车下了中心路进巷子，他看见家门口站着个人。邻居的焰火升上天，照亮母亲的脸。父亲对母亲喊："回来了！"母亲迎过来，更多的鞭炮声响起，谁家聚在电视前看春节联欢晚会，一群人跟着电视里零点倒计时数数："六、五、四、三、二——"

嘭！盯紧了北京时间的那朵烟花精准地飞上了天，大雪笼罩村庄。

花开代表我爱你

文／小　哑

回家乡小住，正是人间四月天，天气却时风时雨，总也不够暖和。家乡的桃花梨花也因而开得冷冷清清，在轻阴灰白的天空下，像一场没有张罗好的婚礼。

就在这样的气氛里，院子大门前的樱花树渐渐打起了深红的花苞。可惜的是，从去冬以来一直持续的干旱，让这些密匝匝的花骨朵看上去毫无水色。但我每天从门口进进出出，都密切地关注着它们的变化。因为，这是我送给父亲母亲的树。

三年前的春天，我拜托老家的朋友找了两棵花树，一棵玉兰，一棵樱花，种在刚刚修好的院门前。很遗憾，只有樱花树活了下来，且已经过了花期，看上去实在没什么特别之处。

我开始有些担心，实用至上的思维习惯，不会让父母觉得这棵树很无用吧？从前家里的菜地有两棵银杏，其中一棵就被父亲砍掉了，既不会结果，又不能眼见地迅速成才，变成了碍事的东西。另外一棵在我的挽留下勉强保命，却只能斜着身子了。

我有点后悔没有给他们找一棵好果树，却也期待下个春天赶紧来临，好让他们看看，这花在开放的时候是多么了不起。我在城市的公园里已经见惯，他们却还从未见过。

第二年春天，天气刚刚暖和，我就几次三番打电话回去，询问樱花开了没有，得到的回答总是，还没有，估摸得过几天。最后，终于，弟弟给我传来了一组照片。是他用手机拍的，像素很低且走了色，却依然能感受到它的奔放热烈：枝枝丫丫上，花团锦簇，与山乡僻野的花完全不是一路开法。

但对我来说，重点却并不在此。而是，相片中，我的父亲母亲分坐在花树两侧，脸上洋溢着与那一树繁花恍如一体的笑容，单纯、灿烂、安详，好像他们从未在生活中受过苦，也从来没有过忧愁。我知道，他们是在对着我微笑，那笑容是在告诉心急如火烧的我，他们看见了樱花盛开，收到了我的心意。

看着相片，想象他们这对老头老太，特别收拾停当，郑重其事坐在花树前，让弟弟拍照给我看，真是温暖异常。而我对他们全部的心意，也的确包含在那一树繁花的祝福中：爱，希望，时光中不能忘却的美好。

这是樱花树在我家的第三年，我休假回乡的时间正是它的花期。虽然气候异常，但只要到了时间，总归是要开的。开始是零星几朵，忽有一天气温骤升，所有的花骨朵一天之内全部打开。那种铺张奢靡的景象，真仿佛它是花中豪门。这一团明亮的粉色光焰，在春风里燃烧，照亮了门前灰白色的水泥台阶。我的母亲进出大门之际，都会忍不住惊呼："看这花开得多——好——！"

偏偏此时我又无心赏花了。这次回乡带了两岁的女儿，开始还活蹦乱跳，几天之后因为感冒蔫儿下来，黏人不已。母亲百般讨好她，总被毫无缘由地拒斥。不让母亲抱，不让母亲喂饭，甚至东西掉了也不让母亲去捡，所有这些事必须由我这个妈妈亲自完成。我甚至无暇顾及母亲会不会因此失落，因为我觉得自己随时都要死机了。原本特地带了相机回来，准备在花前好好给母亲拍些照片，此时也被置之脑后。

樱花树明艳灼灼地燃烧了几天后，颜色渐渐黯淡下来，天气又突然变冷，它便很快被雨打风吹去了。寥落的花瓣落在阶前，我想着我还没有给母亲拍照，心里很是遗憾。其实，我一直都在想这件事，只是没有来得及做。

等我回到北京，整理相机，却发现里面有几张母亲坐在樱花树前的照片，母亲穿着她的红毛衣，眼睛眯着，拍得并不太好。我从未为她拍过这些相片，这是怎么回事？

我细细地回想，推测，想起花开的那几天，舅妈曾经来过我家。最大的可能就是，母亲趁着中午我们午休，拿了我的相机请舅妈给她拍照，拍完后又放了回去。也就是说，她既想在那一树繁花前留影，又不想打扰到我。

我没有再问母亲。无论如何，我已收到了她的心意，会把春天和她一直带在身边。

有的事，这些年我才懂

文／（台湾）小野

在妈妈的告别式上，我和从美国赶回来的弟弟近人当着许多亲朋好友的面竟然说起妈妈生前的一些笑话，引来全场哄堂大笑。我是这样开始说故事的。

妈妈曾因为我的关系接受过一本财经杂志的访谈，记者要她谈谈和我之间的小故事，她说想不起来，反倒是得意扬扬地说起我的姐姐和弟弟妹妹来。记者只好直接问，妈妈一开口就是："他啊，去美国读书没读完就回来。他比较在乎钱……"我差点脱口而出一个字"蠢"，但是更多的委屈瞬间涌了出来。自以为最孝顺父母最照顾手足的我，不知道要如何阻止妈妈说下去。还好这本杂志的名字就叫"钱"，不然误会可大了。

妈妈继续说着我的坏话："就像他的名字一样，从小就很野很坏很霸道。小三轮车骑够了，放在角落不准两个姐姐骑……姐姐骑上去他就大哭大闹……幼儿园下课接晚了也大哭，同学都叫他爱哭鬼！"

"可是他现在写了那么多的书，拍了那么多电影……你觉得他……"

"他就是运气好，我想是他天上的祖母保佑的。"妈妈淡淡地说。我立刻插嘴说："其实我妈妈也曾经在几家报纸写过专栏，她很会讲故事，我可能遗传到我妈妈。"

我想讨好妈妈，希望她说点我的好话，可是她继续夸她的其他孩子。最后妈妈提供给杂志社的照片，全都是妈妈抱着白白胖胖大眼睛乌溜溜轮转的弟弟近人的照片，杂志上都标注着"小野的童年"。我正式向妈妈抗议，她无奈地说："我找不到你小时候的照片啊，我更没有抱你的照片啊。那时候孩子多也搞不清楚，用弟弟的你也不吃亏。"是的，不吃亏，我还真的接到杂志社编辑打来电话赞美我说："没想到你小时候那么可爱呀。"

我一直怀疑妈妈根本没抱过我，妈妈回答说："是啊，大部分时间我都是用背的，背着你洗衣服，背着你烧饭买菜……你没看我的背都驼了，孩子那么多，你要我怎样呢？"

在告别式上，我和弟弟近人就这样说着这些添油加醋的笑话。事后遇到我的朋友们都说，你们这个家族真的是很特别，让亲友们在原本应该悲伤的场合哭笑不得。我说："因为我妈妈真是一个非常特别的人，她天真傻气直接豁达，我们才敢在她告别式上这样没大没小的。这是我们最幸福的地方。"

可是也因为妈妈的离去，我才渐渐看清楚许多事情的真相。

我曾经自认为非常孝顺父母，友爱兄弟。我认为自己考上公费的师大后再也不用花父母的钱是件孝顺的事，我还同时做了三个家教，也把钱交给妈妈当家用。大学毕业后，"运气很好"地成了作家和电影编剧，我除了每个月固定将一笔从报社寄来的薪资原封不动转寄给父母外，也替弟弟张罗结婚和出国留学的费用，替姐姐张罗买第一栋房子的钱，对于钱财，我毫不吝啬。直到爸爸和妈妈相继离开人间后，我才回想起自己从结婚生子闯荡事业后，其实很疏于和父母亲甚至姐妹们来往，我简直就是个工作狂，以自己的事业为中心地向前冲，照顾和问候的事情全都借由金钱来解决。

弟弟虽然生活工作远在美国的南方，但他的家书可是数十年如一日地没有间断过。爸爸的桌上叠堆着弟弟寄来的厚厚的信笺，里面填写着密密麻麻的生活点滴，弟弟写的全是报喜不报忧的丰功伟业，包括他如何努力工作赢得外籍领导的赏识，如何用优秀表现击败来自各国的高手，赢得永久教授的地位和最高的学术荣誉。他也不忘吹捧自己如何坚强，当孩子发高烧妻子吓得痛哭时，他如何一手抱着孩子，一手握着方向盘，在大雪中冲出去找医生……爸爸总是用红笔在这些字里行间眉批道："真是我的好儿子，真有乃父之风！""虎父无犬子，真是有道理！"寂寞时，爸爸就戴起老花眼镜，拿出这些信来读给妈妈听，往往读得涕泪纵横。妈妈也会赞叹说："这孩子真是太不容易了，小时候就特别乖。"

大姐经常会诉说起她们母女如何情深："没事的时候，我就陪妈妈在公园散步晒太阳，有时晒一整个早上，喝着热茶，吃着花生，聊着许许多多重复说过的回忆……好幸福啊。"

"谁比较幸福？"我每次都故意这样问，有点吃醋的味道。大姐笑得很开朗，说："当然是一样幸福。我告诉你啊，从前我上班的地点和爸妈家很近，我每天中午休息时间就溜到爸妈家和他们一起吃午饭，我都会带最好吃的东西给他们。然后啊，我就躺在床上告诉妈妈我在办公室发生的大小事情……妈妈是一个最好的听众。"

"还要听你骂人。"我故意这样说，我知道妈妈是她的垃圾桶。

她大笑说："不管我骂了谁，妈妈一定会跟着我骂说：简直混账！简直坏透了！我不用去找心理医生，妈妈是我最好的医生。我告诉你啊，我只要看到有好的衣服裤子棉被被单，我买一件妈妈也会有一件，我们常常穿母女装。哈哈……"

爸爸走后，二姐不放心妈妈一个人独居，将妈妈接出来同住，她一个人承担了妈妈生命中最后十年的照顾。二姐为了学习照顾老人，还特别去一个照顾老人的公益团体当义工，一方面照顾别的老人，一方面把那一套游戏带回家里和妈妈玩。从小五音不全的二姐还加入了一个唱老歌的合唱团，学会了那些老歌以后，回到家里唱给妈妈听。曾在外商公司当总经理的二姐早早退休了，她说过去因为自己忙于事业，疏于和父母嘘寒问暖，她愿意在妈妈最需要照顾时付出全部。我终于明白，当年妈妈在接受记者访问时说不出太多和我互动的原因了，因为断奶后，我早就飞得无影又无踪了。我脑子想的都是我自己。和姐姐弟弟比起来，我才是个大不孝的孩子啊！

　　妈妈走后，我独自霸占着妈妈睡了十年的木板床、小桌子和大藤椅。木板床那么硬，硬得像妈妈瘦削的背脊那样。我天天躺在她睡过的木板床上，盖着厚厚的棉被，用手掌轻轻抚摸着枕头和被子，细细闻着妈妈长期留在床头的发香，和天天擦脸和手的护手膏的味道，我感觉自己被妈妈紧紧拥在怀里、紧紧地搂着。

　　我想赖床的时候，就轻轻地和妈妈撒娇说："再让我躺在你的怀里一下，OK？"妈妈会笑着说："OK！坏孩子！"

爸妈的背影

文／鲍鲸鲸

过年的时候，我因为正好要去尼泊尔做最后一次的剧本修改，所以就把爸妈一起带上了。和父母的上一次集体旅行，还是我10岁时。年纪小的时候，父母都在忙。等我长大了，心也就野了，常常是一个人背上包说走就走，我爸妈呢，也早就受够了我天天耗在他们身边叽叽歪歪，都是举双手赞成，表示绝不同行。他们宁可跟着旅行团，去走马观花地买买特产看看景点。

就这么十几年过去了，秉承着"一定要一起过年"的理念，我们一家三口去了尼泊尔。这是爸妈第一次去，而我是第三次了。

虽然算是有些熟悉的国家，但因为带着爸妈，出行前，一向不在乎什么旅行计划的我，做出了一份简直可以当成教材的行程表，从机票到酒店，车辆安排，饮食计划，药品里从救心丸到膏药，装了满满一大包，但心里还是放心不下。妈妈的心脏不是太好，万一去了尼泊尔突然出状况怎么办？上网查了查，我抓起电话打给了SOS国际救援组织，对话如下：

"我准备带我妈妈去尼泊尔旅行，那边的医疗条件不太好，我可以请你们来救她吗？"

"你妈妈出了什么问题啊？"

"我不确定啊，可能什么问题都会出现啊。"

"那你等出问题了再打电话啊，到时候是可以派直升机过去点对点救治的。"

"万一你们的直升机到时候没有闲着的呢？我能现在预订一架吗？"

"嘟嘟嘟嘟嘟嘟……"

可喜的是，我妈从一落地开始，就脱胎换骨成了一员猛将，爬山逛庙、砍价拍照，一样都不耽误，简直是生龙活虎。但我提着的心还是放不下：担心英语不好的爸妈迷路，担心他们吃不惯当地的食物，担心他们旅途太奔波……一个人横闯过阿根廷暴力街区的我，在幸福指数超高的尼泊尔，变成了一个谨小慎微的家伙。可这番苦心，人家还不领情，我妈无数次板着脸警告我：更年期提前啦你？这么啰唆！

终于到了博卡拉，入住酒店以后，我妈表示要养精蓄锐，午睡一下。我就自己出去逛逛，和他们约好了傍晚在酒店门口见。

我出门找了个小咖啡馆，看书、改剧本、发呆，看费瓦湖面上的夕阳金光闪闪，不用担心爸妈的安全，暂时放空一段时间。快到约好的时间，我准备离开咖啡馆时，从二楼的窗口无意中望出去，两个人影慢慢走近——一秒钟就认出那是我爸妈。

我一动不动地坐在窗边看着他们——在陌生的国家，陌生的人群中，这两个我最熟悉的人。

老两口并肩走着，背影像小孩子一样谨慎，认真地打量着路边的招牌，有些怯怯的眼神。

那一刻，我心里有点儿难过。10岁时，他们带我出来玩，也许和我此刻的心情是一样的吧？快乐中总带着紧张，担心我走丢，担心我生病，担心我睡得不好……那不过是十几年前。

我站在窗口想出声叫他们，但嗓子里被什么东西堵着。一晃神的工夫，他们就汇入人群不见了。

当我们三个人在酒店门口重新见面时，我贱兮兮地搂着我妈，演着久别重逢。我妈说干吗这么恶心啊，但也没把我推开，我爸笑嘻嘻地站在一旁看着我们俩。

"我慢慢地了解到，所谓父女母子一场，只不过意味着，你和他的缘分就是今生今世不断地在目送他的背影渐行渐远。你站在小路的这一端，看着他逐渐消失在小路转弯的地方，而且，他用背影默默告诉你：不必追。"

这是龙应台写的《目送》中的一段话。

我要陪爸妈去更多、更远的地方，在他们的背影渐行渐远前。

（京）新登字 083 号

图书在版编目（CIP）数据

每个人都有泪流满面的秘密 / 李钊平主编；青年文摘图书中心编 . — 北京：中国青年出版社，
2014.7

（青年文摘彩虹书系）

ISBN 978-7-5153-2439-5

Ⅰ.①每… Ⅱ.①李…②青… Ⅲ.①散文集 – 中国 – 当代 Ⅳ.① I267

中国版本图书馆 CIP 数据核字 (2014) 第 098619 号

每个人都有泪流满面的秘密

青年文摘图书中心 编　　李钊平 主编

责任编辑：侯庚洋　彭慧芝
内文插图：孔　雀
装帧设计：后声 HOPESOUND
出版发行：中国青年出版社
社　　址：北京东四十二条 21 号
邮政编码：100708
网　　址：www.cyp.com.cn
编辑中心：010-57350371
营销中心：010-57350370
印　　装：三河市君旺印务有限公司
经　　销：新华书店
规　　格：880×1230　1/32
印　　张：8.75
字　　数：230 千字
版　　次：2014 年 7 月北京第 1 版
印　　次：2014 年 9 月河北第 2 次印刷
印　　数：12001-16000 册
定　　价：28.00 元

如有印装质量问题，请凭购书发票与质检部联系调换　联系电话：010-57350337

青年文摘图书中心精品书目

青年文摘白金作家系列

《女生，我悄悄对你说》（毕淑敏著）
《男生，我大声对你说》（毕淑敏著）

定价：32元（单册）64元（套装）

《跨越百年的美丽》（梁衡著）

定价：36元（平装）48元（精装）

青年文摘典藏系列·第一辑

《成为世界的光》（励志卷）
《爱吧，就像没有痛过》（爱情卷）
《平流层的小樱桃》（成长卷）
《生命灿烂如花》（人生卷）
《在有限的人生彼此相依》（温情卷）
《推开虚掩的智慧之门》（哲思卷）

定价：22元（单册）132元（套装）

青年文摘典藏系列·第二辑

《那段奋不顾身的日子，叫青春》（成长卷）
《当我已经知道爱》（爱情卷）
《赠我一段逆流路》（励志卷）
《爱是永不止息》（温情卷）
《梦想照耀未来》（人生卷）
《生命从不绝望》（哲思卷）

定价：22元（单册）132元（套装）

青年文摘30年典藏本

《赢这场人生旅程》（人生卷）
《比爱更爱你》（恋情卷）
《独一无二的柠檬》（成长卷）
《谁在尘世温暖你》（情感卷）
《动听的花园》（随笔卷）

定价：27元（单册）

当当网、亚马逊、京东网、淘宝网及各大新华书店均有销售

青年文摘图书中心 电话：010-57350371 邮箱：qnwzbc@163.com 新浪微博：http://weibo.com/qnwzbook 腾讯微博：http://t.qq.com/qnwzbook

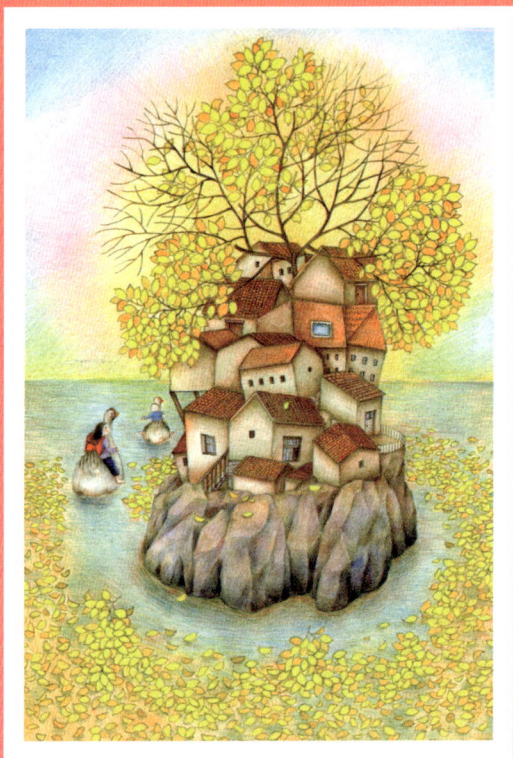